庫

わたしの三面鏡

沢村貞子

筑摩書房

もくじ

I

わたしの三面鏡

I

ほろ苦い戒め――老いの入り舞い

『故事・俗信ことわざ大辞典』に「老いの入り舞い」という一項がある。入り舞い、とは舞楽の手の一つ、入綾《いりあや》のことで、一曲舞い終わって退場する直前に引き返して、もう一度舞いながら入る、ということらしい。「老人になってから最後の花を咲かせること。また、老後の安楽」と書いてある。

老いて再び舞う――なんて、なんとなく華やかな気がして、ちょっとうれしくなった。

もう先も見えて心細いある日、せめてもう一度……と気をとり直してスッと立ち上がり、大ぜいの人の前に出て、力をこめて、昔の得意の技を披露する――しばらくは呆然と見とれていた人々の間から、やがて拍手の波がまき起こり、熱い尊敬のまなざしに囲まれる……なんて、かっこいい。

浮き浮きしながら次の引用文を読んで、ドキッとした。

「人の目には見えて嫌ふ事を、我は、昔より此のよき所を持ちてこそ名をも得たれ、と思ひつめて、そのまま人の嫌ふ事をも知らで、老の入舞をし損ずるなり」（『花鏡』劫之入用心之事）

つまり――昔、私はこういう事で成功したのだよ、見せて上げよう――などといい気になってはいけない。もうすっかり体力気力の衰えた人の自慢話など、まわりの人はウンザリする、という事のようである。心にしみる言葉である。

むかしは昔。いまの自分の老いを忘れて、もう一花咲かせて……などと思いこむのは、何とも悲しい。このあと、

「老の入りまいあやかりたくばふんべつ、ふんべつ」（浄瑠璃『日本武尊吾妻鑑』四）とつづいている。

昔から言い伝えられることわざは、大ぜいの人があれこれ悩んだ末の自覚と戒めなのだろう。それぞれ入り組んだ人の心をズバリと言いあてて、あるものは声をたてて笑い出すようなおかしさがあるが、あるものは胸をしめつけられるようにきびしい。

もう一冊『故事ことわざ辞典』をひらいてみると、こちらには「老いの入りまい」として「老後の生活を助ける収入をいう」とある。さしずめ老人年金とでもいうところだろうか。なんとなく現実的で、味気ない。

それにしても「老い」についてはシビアなことわざが多すぎる。だれも好きこのんで齢《とし》をとるわけでもないのに……。

「老いの繰り言」「老いの一徹」「老いては麒麟《きりん》も駑馬《どば》に劣る」は、まあ仕方がないとして——だから「老いては子に従え」と言われても、このごろは親の面倒なんかまっぴらごめん、という子が多いのではないかしら。

老女については、もっと意地が悪い。

「老い妻の痴《し》れ笑い」とは（老いて色気のなくなった妻が、こびを含んでつくり笑いをすること。気持ちが悪いこと）だそうな。もう一つ、ひどいのは「老い女房は足の裏の飯粒」（年上の女房は踏みつけた飯粒のような存在で、気持ちが悪くても離れない）。

一体、私はどういう風に余生を送ったらいいのだろうか。

悩んだあげく——せめて「老い木の桜木」のように色香が消えても、ふんべつだけは決して忘れず、まわりにはホコリも風も立てないで、ひとり、ひそかに心の中で、

「老いの入り舞い」

を楽しむことを心がけよう——そう思い直したら、やっと気持ちが落ちついた。

役者と齢

「お元気でけっこうですね」

久しぶりで逢った人は、たいてい、そう言って下さる。そして、こちらはいつも、

「ええ、まあ……どうにか……」

などとニッコリすることにしている。

ところが、この間テレビ局で地下の個室から一階のスタジオへゆく高い階段の途中で、いきなりうしろから、

「沢村さん、神経痛はないんですか？　リューマチはやったことないの？」

と陰気な声をかけられたときは、一瞬、絶句した。ふりむくと、このごろ

はめったに見かけないが、昔はちょっとした二枚目役で、いつもご機嫌な人だった。

「……丈夫な人にはかなわないね。僕の方が若いはずだけれど――。ま、お元気で何よりです……失礼」

右脚をひきずりながら傍らをすりぬけてゆくうしろ姿が、ゾッとするほどやつれていた。

どんな世界でも健康が何よりだけれど、とりわけ俳優は身体だけが資本である。いくつになっても、何年つとめても――もう家の中にいて書類に判だけ押していればいい、ということにはならない。つい……仕事の声がかかれば、何はともあれ出かけてゆく。すこしぐらいの病気は人には言わず、自分も気にしないようにして颯爽《さつそう》と振るまうから、だんだん無理が重なってゆく。

両親は八十すぎの長命だったのに、その息子たち――私の兄や弟が六十代で亡くなったのは、結局、長年の過労が病気を引きおこしたと私は思っている。二人とも〈舞台で死ねば本望〉という役者根性は見事だったが、その幕切れに拍手はなかった。まだまだ、やりたい役はたくさんあったろうに……。

役者に齢《とし》はない、というけれど、それは心がけの上のこと。一年ごとの身体の衰えは自分がだれより知っている。〈ベテランの腹芸〉でしのげる間はまああだが〈生きた小道具〉として酷使されることも多い。のどから手が出るほどやりたい役でも〈今の自分〉につとまらない、とわかっているものはあきらめるよりしようがない。

「こんな映画を断るなんてもったいない。この役をやれば、あなたは歴史に残る名女優になれますよ、ええ――ぜったいに……」

そう言ってくれた人がいたが――もともと名女優の素質はないし、後世、歴史に残ったとしても、私はそれを読むことは出来ないのだから……おだてないで――。そんなことより、もし途中で倒れたらまわりの皆さんにご迷惑をかけてしまう。それがつらい。なにしろ、七十四歳だもの――そう言ったら、相手は、

「え……七十四？　ほんとですか……」

ギョッとしたように今更らしく私をみつめ――そそくさと帰っていった。

満で七十三歳、かぞえで七十四歳――私は時と場合で自分の都合のいい方を使うことにしている。姑《しゅうとめ》役で重い布団を干させられたり、高い階段を何度となく上り下りして腰が痛くなってくると、

「チョッと無理よねえ、七十四だもの」

そうつぶやくと若い演出家は慌てて加減してくれる。敬老精神か、いま倒れられては困るからか――私が何かにつけて齢を言うのは、身を守る方法の一つである。そして、それは同時に、自分自身に対する牽制にもなる。

〈……もう、あんまり無理は出来ない〉

自戒である。役者というのは、とかく我を忘れて調子にのりやすい――。

綿入れのちゃんちゃんこ

もう雛祭りも間近いというのに、朝晩シンと肌寒く、綿入れの半纏《はんてん》がどうも手放せない。今年の陽気が不順なためか、それとも、私の老いのせいかしら。

こうして綿のはいったものを着ているのは何十年ぶりだろうか。着古した紺地の大島紬をこの半纏に仕立て直してもらったのは一昨年《おととし》だった。裏地は金茶の羽二重にして、黒繻子の衿《えり》をかけて、と、ちょっと小粋なものを頼んだつもりなのに、出来上がったものは背中も袖もムクムクと真綿でふくれ上がっていた。

〈……今どき綿入れなんて……なんだか年寄りくさいわ……〉

気に入らなくて、そのまま押し入れにしまいこんだが、フンワリした手ざわりにふと子供のときのねんねこ半纏を思い出した。

あのころは家の中も外も、とにかく寒かった。茶の間の長火鉢の鉄瓶はいつもチンチンと暖かそうな音をたてていたけれど、冷えきった手足を暖めてくれるのは、小さい土の行火《あんか》だけだった。

十一月、酉《とり》の市へ行くときは、綿入れの着物に羽織、メリヤスの衿まきを唇の上までずりあげて、手袋をはめた手を袖口の中へひっこめ、凍った道をまるで奴凧のようにピョンピョンはねて歩いていた。

母はやせっぽちで貧血気味の私の首に真綿のちんころがけをさせ、毛織の肌着を着せてくれたが、赤いみやこ腰巻きだけは乙女心に恥ずかしく、そっと脱いだものだった。

映画女優になってからは、一所懸命、自分の身体を薄着に馴れさせた。そのころの撮影所には冷房も暖房もなかった。汗っかきの私にとって真夏の冬衣装も辛かったけれど、寒中、夏姿になるたびに風邪をひいては仕事が出来ない。と言って、夕涼みの団扇《うちわ》をもった二の腕に、毛織のシャツがチラチラ見えてはさまにならない。第一、年中人混みの中にいるような職業だから、何とか肌を丈夫にしないと、流行かぜなど、すぐ貰うことになる。

考えたあげく――肌着は夏冬とおして晒木綿《さらしもめん》一枚。お風呂では上がり湯の代わりに上がり水……雪の日にも、暖まった身体を丁寧に冷たい水で拭くようにしてからは、風邪をひいてもホドホドに、幾つかのクシャミと咳と鼻みずくらいのおつきあいで、なんとか堪忍して貰えるようになって、大助かりである。

それにしてもこのごろは、どこもかしこも暖かい。ほとんどの家は暖房をしている。街は大ぜいの人が吐く炭酸ガスで空気が汚れて寒さが身にしみないのさ、と言う人もいるが、とにかく、厚いオーバーを着る人はすくないし、手袋もトンと見かけない。

ところが――私は今年にはいって急に薄着が辛くなってきた。電気ヒーターで暖めた居間で、コタツに足をいれているのに……何となく肌寒い感じが

する。〈つまりは、伊達《だて》の薄着は若いうち――さらし木綿の肌着など、所詮は年寄りの冷や水ということか……〉

思い出して、押し入れの奥から、例の大島の綿入れ半纏を引っぱり出し、手を通してみたら、なんとホカホカと暖かいこと――以来、一日も手放せない。

ただし……気取って外出するときは、まさかに綿入れは着られない。あれこれ思案のあげく背中だけに真綿をいれた胴着をこしらえた。戦後、若いころの振り袖をコタツ布団にしたときの片袖が残っていた。裏地に、目にしみるような紅絹《もみ》をつけたのは、老女の心の隅に残る夢――ということかしら。

庭のはる・あき

春のお彼岸をひかえて、植木屋さんが来た。小さいクレーンと幹や根をわらで包んだ木蓮《もくれん》を車にのせて——うちの庭で一番古顔の百日紅《さるすべり》を抜いて、そのあとに木蓮を植えるのは、去年の秋からの約束だった。

三十数年前、わたし達がこの古い家へ引っ越して来たときから、この百日紅は庭の正面にデンと座っていた。真夏、燃えるような赤い小花をたっぷりつけるこの陽気な樹は、狭い庭の中でスターのように華やかに見えた。

その左手の白梅は、そのころはまだ若木だったし、軒端の紅梅は優しいけれどひ弱くて、今のはもう三代目である。

同期の槙や樫はいつも黙って塀ぎわに控えているが、百日紅のつやつやとなめらかな幹は、花が落ちたあとも、観るものの目を楽しませてくれた。花好きの夫が朝晩たっぷり水をのませてやるせいか、ちょっと赤味をおびた細かい葉も見事だった。この百日紅が急に生気をなくしたのは、七、八年前からである。自慢の肌は艶を失い、黒い皮があちこちに醜く残り、花の数もみるみる減った。一昨年《おととし》はそれでも十を数えたろうか。去年の夏はたった一枝――必死に咲いた感じだった。

植木屋さんから、老齢のせい、ときいて胸がつまった。私たちがここへ来たころが、この樹の最盛期だったらしい。

花もつかず、ザラザラとした肌の百日紅を、いつまでも人前に曝しておくのはいたましい。思い切って、抜くことにした。

植木屋さんが四人がかりでやっと掘りおこし、塀ごしにクレーンでつりあげた。何十年ぶりかで陽に曝された根の、黒く固まって細いこと……これでは、とてもこの大きい身体を支えられるはずもない。鋸で切り落とされた枝はどれも乾いて……真っ赤な花を見事に咲かせたころの生気はどこにもない。

ふと、この間、雑誌でみたオードリー・ヘップバーンを思い出した。箒を持って自宅の庭を掃いている姿を秘かに撮ったらしい。あの「ローマの休日」の王女のみずみずしい美しさをハッキリ覚えているだけに、その初老の素顔はなんとも痛ましく、思わず目をそむけた。その後間もなく来日したこの大スターは、さすがに、洒落た衣装と上品な化粧で齢《とし》相応の貫録をみせ、ファンをホッとさせてくれたが……人間の心の中には、美しいものへの憧れと、それを踏みにじりたい意地悪が同居しているのだろうか——悲しい。

老木を引き抜いたあとに植えこんだ木蓮には蕾が沢山ついている。うまく根づけば、もう来月にも紫の花が咲くはず。この若木がやがて最盛期を迎えれば、さぞ見事なことだろう。それを見たい、とは思うけれど……さて、こちらは、そのころはもう……。

改めて見まわすと、沈丁花《じんちょうげ》が三本——どれもあるじたちと同じように齢老いて、枝がまばら、蕾もチラホラ。それでもホンノリ匂っているのはいじらしい。

「これもうおしまいですね、若いのと入れかえますか？」

そう言う植木屋さんに夫は笑って、首を振っている。

「いいよ、さんざん楽しませてくれたんだからかわいそうだ。前の方に背の低いつつじでも植えれば目立たないよ——老いも若きも同居というのが、せまいうちの庭のいいとこさ」

そう……ほんとに——齢をとったからと言ってすぐ捨てられては……侘《わび》しすぎる。

たしなみ

「なにしろ美人なんだ――若くてね」

男の人たちの女性についての噂話は、たいてい、こんな調子で始まる。べつに、それだけが女の人の価値だと信じているわけではないのだろうが、つい、

「へエーあのご面相で、あのお齢《とし》でねえ」

などと、見た目の印象が先に立つらしい。だれだって、醜いものより美しいものにひかれる。それが人情……仕方がない。

それでも、美意識は時代とともに変わってゆく。近ごろはかなり個性的な顔だちがもてはやされているから、だれもひと昔前のように卑屈にはならな

い。ただ——齢の方はますます若さが優先され、はたちすぎると、もう、オバンの組に入れられてしまう、という。

たしかに——老いは醜い。鏡に映るたるんだ皮膚、深い皺《しわ》、薄くなった髪に——七十女は、ある日、思わず悲鳴をあげたくなる。

数年前、NHKテレビ『おていちゃん』が放映されていたころのこと——私はマネジャーのYさんと、街でひろったタクシーの中で仕事の打ち合わせをしていた。

若い運転手さんはしきりにバックミラーをのぞいていたが、その話を小耳にはさんだのか、突然、ふりむいて声をあげた。

「アッ……お客さん、沢村貞子さんですね。テレビのおていちゃんって、沢村さんの話だって——ほんとですか？」

二十二、三だろうか——見るからに地方出らしく純朴そうな青年の横顔に、こちらも少々得意気味で、

「ええ、まあ……そういうことね」

トタンに彼は、

「まいったナア、まいったよオレ、お客さんがおていちゃんだなんて……まいったよ」

こちらは何のことか、と呆然とするだけ。

そのまま、何やらつぶやきつづける若者の背中を見ているうちに、様子がわかってきた。半年ほど前、ひとり遠い島から上京して、きびしい労働にあけ暮れする彼の楽しみは、朝のテレビ小説を見ることだった。おていちゃん役の友里千賀子さんの澄んだ大きい目、白く光る肌、とけるような笑顔をみつめているだけで、なんだかしあわせな気分になって働く元気が出た、という。ブラウン管のおていちゃんは、つまり、彼のあこがれの恋人というわけだった。そのあこがれの君が——ほんとは、こんなばあさんだったなんて……夢と現実が入り乱れて、どうやらガックリしてしまったらしい。

私は一瞬、不機嫌になった。

〈こっちは五十年後のおていちゃんなんだから……失礼ね〉

けれど、肩を落としてシラけているそのうしろ姿を見ているうちに、無理もない、と思いはじめていた。

「まいったナア、まいったよ」とまるで悲鳴のようにくり返していた若者の声が、車を降りてからも、しばらく耳に残った。

老醜無残――という。その通り……美しく老いる、などと気取ってみても無駄なこと、年ごとの衰えはどう食いとめることも出来ない。せめて――心をゆたかにすることで、老いを忘れたい。長い人生経験を生かして他人をいたわり、やっと手にした余暇に本を読み趣味を楽しみ、何にでも興味をもつ弥次馬根性をなくすまい。まわりの人を不快にさせないためのお化粧もけっこう。乱れ髪をかきあげ、うす紅をさし、こざっぱりしたものを身にまとう……それが老女なりのたしなみ――いま私はそう思って暮らしている。

おんなの太腕

やっと——春が来た。

菜種梅雨《なたねづゆ》がどうやらあがって、久しぶりの太陽がポカポカと暖かい。藤棚の固い蕾がいっせいにふくらみ、紅葉のかげでうつむいていた海棠《かいどう》が濃い桃色の花をパッとひらいて、小さい庭がなまめいて見える。どこで道草していたのかしら——今年の春はおそかった。待ちくたびれていたせいか、なんだか気持ちが浮きたって〈髪でも染めて……〉と家を出た。

銀座・並木通りのビルの五階——いつも変わらない静かさが、この美容院の魅力である。店主の玉村さんを含めて女性三人。それぞれに見事な技術をもっているけれど——みんなお世辞は下手。今日もおっとりと優しく、馴染みの客たちの髪をとかしている。

知人の紹介でこの店へ来たのは三十年ほど前のこと。順番を待ちながら、鏡にうつる玉村さんの姿を眺めて、ふとおかしくなった。

〈……先生のやせたこと――あのころは女盛りだったのに――結う人も結われる人も、お互いに齢をとったわねえ……〉

その時分は私の髪も多すぎて、よくそいでもらったものなのに――今は薄い、と嘆いている。

窓ぎわの若奥さんが、どうしてもパーマをかけたいと言い、それを玉村さんが一所懸命なだめている。

「急に暖かくなると、そういう気になるものですけど、奥さまはまだ、かけて間がないのですからね、もうすこしたたないと……おぐしが痛みますよ。ま、今日はセットをちょっと変えてみますから……ね、いかが？」

若奥さんはしぶしぶうなずき、玉村さんが満足そうな顔をしている対照が面白い。

この店のこういう心づかいにひかされて、遠くから通ってくるお客が沢山いる。このビルの建て直しのときは、みんな、日本橋の仮り越しの店まで足を運んだものだった。その大半は、永い間、激しい男社会でシャンと背すじをのばして仕事をしているしっかり者である。その人たちがのぞむのは、地味で静かな店。――華やかな壁紙、最新式の器具、流行の音楽など、一切いらない。ちょっと古びて落ちついたこの店の古い椅子にゆったり座って、あなたまかせに髪をといたり洗ったりしてもらう快さ……見栄も気取りも忘れて結構――しかもここでは決して、客の噂はしない。

銀座の真ん中の――まるで別天地のように静かな美容院。永い間、それを支えてきたのは玉村さんのお人がらだと思う。私のような年寄りは、この店のおかげで助かっている。

今日もほどよい栗色に染めてもらって、三つ四つ若返ったように見える。老女の髪は黒すぎても赤すぎても、顔にそぐわない。鏡の中でちょっと気取って衣紋をつくろって、イソイソと店を出た。

目抜き通りの春のひるさがり――そぞろ歩きの女性たちのきれいなこと。このごろ、どうしてこんなに美人ばっかりになったのかしら。栄養がよくなったから？　お化粧が上手になったから？　いいえ――平和のおかげだと思う。戦後、焼けただれたこの街を、私たちはみじめな姿でさまよっていたのだもの……。

大きな靴屋さんで、スリッパを選んだ。薄いクリーム色の客用三足。夫にはブルー……そして、自分のために――明るいピンク。老女だって、たまにはお洒落して街を歩いて、きれいなもののひとつも買わなけりゃ……。

平和な春――〈このありがたさを、あなた、わかってくださいますか？〉すれ違う人たちに、そっと囁きたいような気持ちだった。

くりごと

「……愚痴な女子《おなご》の心も知らず、しんと更けたる鐘の声……」

長唄・黒髪の一節である。昔の下町の習慣で、かぞえ六つの六月六日からお師匠さんの前へ座らせられた私は、キチンとひざに手をおいて、声張りあげてこれを唄ったものだった。

昨日——鏡台の前で、なんとなく、その一節を口ずさんでいる自分に、ふと気がついた。

〈……おかしいわねえ、何十年も忘れていたのに、どうして急に思い出したのかしら〉

アアそうか——わかった。私はそのとき、髪をとかしながら、しきりにブツブツと愚痴をこぼしていた。

〈……ひどいわ、この髪、せんには真ん中わけにしていたのに、わけ目がなんだか薄くなってきたから左わけにして――それも怪しくなったから、今度は右からわけようと思ったのに……てっぺんの地肌がすいて見えるじゃないの――イヤだわ、若いときは真っ黒な髪が両手にあまるほどあって、みんなにうらやましがられたのに……ひどいわ、まったく〉

愚痴――言っても甲斐のないことをいって嘆くこと（『広辞苑』）。

私の育った下町のおかみさん達は、辛くても悲しくても、じっと我慢していた。

「愚痴はだれも買っちゃくれないよ」

いくら情けないと思っても、むやみに他人に愚痴っては相手をくさらすだけのこと、それをチャンと心得ていたのは、生活の知恵だろう。

「女は何かっていうとメソメソするもんだから、お前も気をおつけよ」

母親たちは娘をそうしつけてきたけれど――このごろは世の中が変わって

きて、愚痴な女子ばかりじゃない。愚痴な殿御もけっこうあちこちで見かける。むやみに優しい男が珍重されるせいかもしれない。

男性女性にかかわりなく、確実に増えてきたのは愚痴な老人たちである。世界有数の長寿国だから、どうしてもそうなるのだろう。なにしろ人間の身体を組織している何兆かの細胞は、としをとると一日に十万個ずつも減ってゆくそうだから、若いときのように体が動かない——それがわかっていても割り切れないのが、老いのくりごとである。

人それぞれの生き方があるのも知っているけれど、自分の常識から外れたやり方は、やっぱり許せない。抑えた怒りは嘆きに変わる。

「ね、きいてよ、あの学生ときたら、就職するときさんざん口添えさせたくせに、いざ決まったら、はがき一本よこさないのよ」

愚痴は癖になる。しまいには、同僚同士の気晴らしマージャンでも——ついていないよ、この手を見ろよ……などとボヤきすぎて、仲間はずれにされた初老の課長さんがいた。そういう人に限って反省過多症で、ひとり、みじめな気持ちに落ちこんでしまうから……悲しい。

それにしても、あんまり自分を抑えすぎるのもどういうものかしら。言いたいことを我慢しているとおなかが張ってくるという。穴を掘っていろいろ言った、とかいう昔の偉い人をまねた私のくりごとの昇華法は——だれにもきかれない場所……例えば、わが家のせまいふろ場や洗面所で、胸にたまった思いをチャンと言葉にして言ってみる。〈こんなにシワが出来ちゃって、ホントに情けないわ〉とか〈今日、私が仕事でNGを出したのは相手役のせいよ〉など……。ハッキリ口に出してみると、それがなんと愚かなことか——自分自身によくわかる。その癖、胸がスッキリして、何となくまた、やる気のようなものが、わいてくるから、おかしい。

新旧交替

私は茶の間で、ブラウン管の中の取り組みに夢中だった。土俵の上で、この場所の優勝候補の役力士に必死に組みついているのは、最近、わが家でごひいきと決めているはたちすぎの新人である。柔らかそうな長身で素早く攻めるニューフェイス。それをたくみにあしらうベテランは、長年鍛えた下半身と鋭いきめ技をもっている。

〈やっぱり無理ねえ、有望と言ってもまだ経験が浅いし……若さだけでは、とても〉

私がそう思った瞬間、ドデンと土俵に転がったのは——役力士の方だった。厚い肩をそっと落として花道を去る大先輩のうしろ姿——息をはずませながら勝ち名乗りを受ける若者の上気した顔に館内のどよめきはしばらくやまなかった。

呆然としている私に、興奮したアナウンサーの疳《かん》高い声がハッキリきこえた。

「まさに――新旧交替の時期ですねえ」

新旧交替――老女の胸にズンとひびく一言である。前の日、野球を見ていたときも誰かがそう言った。新聞の将棋の記事にもその言葉があった。私たち俳優の世界では日常茶飯事だから、それほど感じることもなかったけれど……。つまり、何でも何時でも、どんなに頑張っても――ある時期が来れば、古いものは新しいものに席をゆずらなければならない、ということである。颯爽と前進してゆく新のかげで、旧は侘しく思い悩む。〈どんな風に身を退いたらいいか……〉交替劇は、小さい家庭の中でもむずかしい。

四十年来、私と一緒に暮らしていた母が、新築した弟の家へ引きとられる、と決まったとき――そっと注意したものだった。

「料理には、手を出さないようにね」

やっと同じ家に住めるようになった可愛い末っ子——弟のために、母が腕をふるいたがっているのはわかっていた。その妻も同じ下町育ちだから、安心はしていたが……彼女も大の料理上手。一軒の家に二本のしゃもじはいらない、という私の話に母は黙ってうなずいてくれた——ちょっと寂しそうだったけれど。

余計な心配だった。利口な嫁は上手に姑と妥協した。家事一切は主婦の役。老母の仕事は庭の花壇の手入れと四季折り折りの楽しみ——梅雨あけの梅酒づくり、真夏の白玉、お彼岸のおはぎ。それにあげ餅だけはやっぱりお母さんにかぎると上手に煽てられ、嬉しそうだった。私が隠居部屋を訪ねるときは、いつも手ブラ——ただし、かならず空腹のこと——母の手づくりをたっぷりご馳走になり、帰りに庭の草花をねだることも忘れないように心がけた。

〈私はまだ、誰かの役に立っている……〉

その思いだけが、老人を元気づける。

「何もしないでいいのよ、お齢《とし》だから」

そんなことをおっしゃらないで……どんな立派なお部屋でも、することもなく座っているだけでは、決して楽隠居とは言えないのです。

この間、街でおめにかかった知りあいの中年婦人が、別れしなにそっと囁いた。

「私、半年前から日本舞踊を始めましたの、いい運動になりますわね。来週は老人ホームで踊るんですよ、慰問のために、お友達と……ボランティア精神でね……」

とても嬉しそうだった。いかにも良家の奥さまらしく、品のいいうしろ姿を見送って、私は心の中で思った。〈失礼ですけれど、ボランティアのおつもりなら、習いたてのあなたの踊りを見せるより、ご老人たちの盆踊りでも見てあげる方が、ずっと慰問になるのではないでしょうか?〉

つくろいつつ……

あの朝、起きて手洗いに行ったのは四時ごろだったから、外はまだ暗い筈だった。

それなのに、〈庭の電灯を消さなけりゃ〉とその足でフラフラと納戸《なんど》へはいっていったのは、たぶん、寝呆けていたせいだと思う。

朝日の射した明るい庭に、消し忘れた灯がともっているのは、いかにもだらしがなくてご近所にも恥ずかしい——そんな心得が、主婦としての私にしみこんでいるらしい。

奥の柱のスイッチに手をのばそうとしたトタン、着くずれていた寝巻き浴衣の裾を踏んで、脚がもつれて前へのめり、あいにく、そこにあった大きな缶の角でイヤというほど脇腹を打ってしまった。しばらくは、痛くて身動きも出来なかった。

〈たいへん……テレビ局へ行けるかしら〉

一瞬、痛さよりも今日の仕事への不安が先に立った。日ごろ、自分の身体を商品として考えているのは、永い間に身についた職業意識というわけか――風邪をひいて鼻声になったりすると、何となく、いたんだリンゴを売っている果物屋のようで気がひける。まして自分の不注意でケガをするなんてどなた様にも申し訳がない。

這うようにして鏡台の前へゆき、よく見ると右の脇腹が内出血で腫れている。転ぶまい、として慌てて強くひねったらしいが、痛みの工合では骨に異常はないようだし、紫色の痣《あざ》になっても、人に見られないところだから――助かった。いそいで、常備している消炎剤をタップリ塗ってソッと寝台へ戻った。

寝返りが辛かったが、起きてしまえばどうにか動けた。いつも慌て癖を注意される夫にその失敗を白状したのは、その日の仕事をどうやら無事にすませてからだった。

ただ、全治一週間――という自己診断は残念ながら当たらなかった。十日たっても二十日たっても、寝起きのたびの痛みは消えない。朝晩かかさず湿布で手当てをしていたのに……。

〈薬が古くなっているわけはないはず……イヤね、若い時はこのぐらいのケガなんか、四、五日で治ったもんよ……〉

などとひとりブツブツ言い、あげくの果てに、

〈フン、治らないなら治らなくてもいい〉

と不《ふ》貞《て》腐《くさ》ってはみたものの――本当は、治らないでいい筈はない。たとえどこでも、身体に不自由なところがあれば動きがギクシャクして、主婦の面も女優の面も、うまくゆかないのはわかりきったことである。

〈若いときは……〉と愚痴ってみても、今更、昔に戻るすべもない。七十半ばまでさんざん使った身体である。わが家の古い雨戸同様、すり減って、く

たびれている。その雨戸さえ、ときには雑巾でホコリをぬぐい、敷居をローソクでこすったりしているからこそ、どうにか、戸締まりの役にも立っているのだ……。

そう思い返して、二、三日やめていた湿布をまた貼りはじめた。それからちょうど、一ヶ月たって——やっと全治した。

〈なるほどね〉よくわかった。齢をとるとホンのちょっとしたことで身体のあちこちに故障がおこる。そのときは、あせらずじれず、ゆっくり手当てをしてやって、どうにか動くようになったら、それでけっこうと思うこと——どっちみち新品同様ピカピカになるわけはない。

つまり、私に残されたこれからの毎日は、つくろい、つくろい人生とでもいうものだろう……と。

昨日から、今度は膝の関節が痛い。サアまた、さすったり、もんだり、薬も塗って——丁寧につくろってやることにしましょう。

寂《さび》のある暮らし

「猫と女は引っ越しをいやがる」

昔から、そう言われている。

飼ったことがないので、猫の心はよくわからないけれど——静かな日溜りでゆっくり気持ちよさそうに眼を細めているところをみると、多分、引っ越しは嫌いだろうと思う。バタバタ引っくり返され、どこへいっても邪慳《じやけん》に追い立てられるに違いないから……。

居間も台所も引っくり返して、はたらくのはたいてい女の役目になっている。当日は、重たいもの大きい物は男の人が運んでくれるとしても、その準備は何十日も前から始めなければ間に合わない。新居の間取りにあわせて、このテーブルはどうするか？　この箪笥《たんす》は……ということから、下駄箱の古靴、昔の手紙の束、果ては毎年の税金の受け取りまでいちいち始末しなければならないから……。家の中には年輪に応じて暮らしの澱《おり》が自然に溜ってしまう。

永年の夢がかなって、ついにマイホームを手に入れた奥さんが、八面六臂《はちめんろっぴ》の働きをして、やっと引っ越しをすませた翌月、どっと疲れが出て半年入院したという例もある。

まして、動きの鈍い老人にとって転居はなんとも辛いもの。出来れば、なるべく〈このまま、このまま……〉で日が過ぎる。

新しい住居の便利さ快適さより、馴れたところの気安さがありがたい。旧式結構――黒く手ずれた柱にも、ささくれた敷居にも、過ぎた日々の憶《おも》い出が沁みこんでいる。

齢をとるのは、何と言っても侘しい。その弱った心を支えてくれるのは、まわりの人たちとの落ち着いた関係だと思う。肉親とは限らない。安心して付き合える人たちがご近所にいる心強さ——お向こうの奥さん、角のご隠居さん、ちょっと足をのばして商店街へ行けば、八百屋のご亭主、薬局の娘さんまで気軽に声をかけてくれる和やかさ。その人たちと別れて、見も知らないところへ行かなければならないのは……何とも気が重い。

〈生きている間は、ここにいたい……〉

そう願う老人たちのために、武蔵野市の福祉公社が有料の福祉サービスを始めている。現金のない老人には、土地や家などの資産を担保に、市が資金を融資してくれるから、住み馴れた我が家にいて、出張サービスを受けられる、ともいう。

「資産のない老人はどうなるのか？」

など、いろいろむずかしい問題もあるけれど——とにかく、肉親にたよりにくくなっている現在、老人たちにとって一つのたしかなよりどころになったたろうと思う。

私たち夫婦も今の家に住みついて三十年あまり……何とか、此処で幕をおろしたい、と望んでいる。なにしろ、約五十年前に建てられた木造家屋である。すこし柱が傾いて、雨戸の隙間から朝日が洩れるし、冷暖房不完備だけれど——ハイカラなマンションに移りたいとは思わない。無駄な廊下のついている、昔風の間取りの方が私たちには住み易い。

去年、二十年ぶりで、居間兼客間の京壁を塗りかえたら、びっくりするほど明るくなった。ついでに襖も畳もとりかえたが——天井の竹製の電気の笠だけはそのままにした。その下に毎日座るのは老人夫婦である。黒く煤《すす》けたものがどこかに残っていないと、なんとなく落ちつかないような気がして……。

「そうだよ、あんまり綺麗にしすぎると、われわれも皺をとったり、行儀よくしたりしないと悪いようで——気づまりだからね」

私の相棒も、そう言っている。

ぼけない会

「新刊書の推薦文を書くように……」

著者や出版社から、ときたま、そんなご依頼がある。「呆《ぼ》け老人をかかえる家族の会」の方たちが、毎月の会報に載せた手紙の一部を『ぼけ老人をかかえて』という本になさるときも、そういうお話があった。

たかが脇役女優――という気恥ずかしさと自信のなさで、いつもしりごみする癖に、このときだけは〈書ければ書きたい〉と思った。こちらも老女――ひとごとではない。

ズシリと重い本文のコピーが届けられたとき、私はあいにくテレビの仕事が重なって、とても疲れていた。

〈とにかく、今夜はちょっとだけ……〉

そう思って包みをあけたのに――そのまま、深夜まで読みつづけてしまった。最後のページを閉じて……呆然とした。

ぼけについての記事はこのごろ、よく見かける。〈私もそろそろ気をつけなければ……〉そう思いながらも心の底では〈まだまだ遠い話だし、めったにない他人ごと〉そんな気がしていた。その恐ろしい波が、いま現実に自分の足元に押しよせている、とは……。

ぼけ老人を看護している家族たちが、同じ境遇の人たちに訴え、あるいは励まそう、とせつない毎日の様子をありのままにつづったこの手記は――私の胸をしめつけた。

ついこの間まで、家族の笑顔にかこまれて余生を楽しんでいるように見えた老人が、ある日突然、こんなあさましい孤独な姿に追い込まれてしまうなんて……これは一体どういうことだろうか。

手記の一つ――ある農家の七十二歳の姑は、よく気のつく人で、妊娠中の嫁をかばい、自分の子に隠してまで栄養のつくものを食べさせてくれた。その優しい姑が、六年前、自分の夫と母をつづけて亡くしてからぼけはじめ、やがては家の中のあちこちにマッチをすってほうり、汚物をまき散らし「息子にいじめられる、嫁が毒をのませる」などと泣きわめき……昔の面影は、かけらもなくなってしまった、という。

厚生省の調べによると、昨年の日本人の平均寿命は、女七九・一三、男七三・七九まで延び、とうとう世界一、二位の長寿国になったそうだが——喜んでばかりもいられない気がする。人間らしく生きられなければ、長生きの甲斐がない。齢《とし》とともに肉体が衰えるのは当然として、何かのキッカケで心のバランスを失ったものの哀れさは……言葉がない。

そして、それにもまして痛ましいのは昼も夜もその人から眼を離せない家族たちである。荒れ果てた家の中で、介護に疲れて倒れる人も多い、という。〈どうしたらいいのかしら〉子供のない私は人一倍ぼけるのがこわい。でも、八十、九十になってもしっかりしている人もいるのだから、自分たちなりに何とか……と夫と相談して「ぼけない会」をこしらえた。会則はたった一つ「しなやかに生きること」。例えば、完全主義より不完全主義をとり、齢に従ってほどほどに働き、チョイチョイ怠け、非をみとめたら、すぐ反省し、おだてにのらず、やりたくないことは柔らかく断り、ときには羽目をはずして遊ぶこと……など、かなりいい加減だけれど、年よりには明るさと気楽さが何より大切。

もし、ぼけが避けられないとしても、その日の来るのを一日でも先へのばしたい……そう考えて、私たちはぼけの前に居直ることにした。

ヘボ胡瓜大好き

、アブのセールスマンがいることを初めて知った。毎年、わが家の藤のさかりにそのまわりをブンブン飛びまわる虫——虻《あぶ》を盛大に養殖して、何百匹か、パック詰めにして売りさばいている、というのである。

テレビNHK特集『ビニールハウスの中ではいま……』は、農業に無知な私にとって、ただ、もう、驚くことばかりだった。

温度も湿度も適当に調節されたビニールハウスの中では、早咲きの桜が満開である。その枝に、袋から出されたばかりの虻たちがしばらくはとまどったようにすくんでいるが、やがて本能が眼覚めてくるのか、花から花へ大きな羽音をたてて飛びまわる……花粉をたっぷり身体につけて——人工触媒というわけである。おかげで虻の買い主は、どこよりも早く、見事なサクランボを出荷出来るということになる。ハウスで栽培する果実や野菜の種類は増えるばかり——ひっきりなしの注文で、虻会社は忙しい。

ある日、突然、その事務所へ、お得意先から虻の注文取り消しの電話がかかる。その次の日も、またその次の日も……〈何故？　どうして？〉テレビの前の私も思わず身をのり出したが——理由は簡単だった。つまり、虻よりも、もっと手軽で効果的な触媒法が発見された、というわけである。

ハウスの中に整然と並んでいるトマト——その花に、水に溶かした薬を噴霧器でシュッシュッと吹きつけるだけで、やがて、まるまると肥った、美味しそうな実が、たわわになる。トマトのホルモン剤だそうな。

なるほど——私たちが一年中、いつでも欲しいときに苺や西瓜を手に入れられるのは、こういう仕掛けなのか、とわかってくる。

立派なメロンの前で、ハウスのご主人がいう。

「これでけっこう、甘味もありますよ」

次々と新しい栽培法に取り組んで、苦労も多いようだが——私は見ていて溜息が出た。

昔は、五月の風が吹けば、そろそろ苺が出るころ、と胸をときめかし、西瓜は真夏の日盛りに汗をふきふき食べる——という、季節季節の楽しみがあった。タップリ太陽を浴びた果実や野菜は、とっても甘く、新鮮ないい匂いがしたものだった。

ビニールハウスの中の胡瓜に、一本一本、丁寧に添え木をしているシーンがあった。まるで、スキーで骨折した脚の手当てをしているみたい……とにかく、真っすぐに育てなければ市場へ出せないという。どうして、買い手の奥さまたちは、曲がった胡瓜が嫌なのかしら！ どっちみち、切って食べるのに……。まん中が細くてキュッと曲がったヘボ胡瓜はプンと夏の香りがして、私はとても好きだった。

科学の進歩は、どうやら、とめどがないらしい。あらゆることが、人類の幸福のために研究されている。生命の神秘さえも、あるところまで解明されてきた。不妊を嘆く人たちに対しての人工授精は、もう常識になり、試験管ベビーも育っている。Xとか Yとか——分離された精子による受精で、やがては、男女の産みわけも可能、というようなことにならない、とは言えない。

こんな時代に、自然の中で育った野菜、果物をなつかしがっているなどは、老女の愚かな感傷、とよくわかっている。けれども私は、このごろ、何となく味気ない。〈発育の悪い子は、ビニールハウスにいれて添え木をして育てる〉まさか……そんなことにはなるまい、と、思ってはいるけれど。

めがね

テレビ局の化粧室でにぎやかに世間話をしていたもと二枚目のAさんがスタジオへ呼ばれたあと――私の髪をとかしていた若い助手のB子さんが急に、大きな声で言いだした。

「A先生たら、とうとう老眼鏡をかけたんですよ、この間の本読みのとき――当然ですよね、若がっているけれど、相当なおじんなんですもの」

B子さんは怒っている。たしかにさっきのAさんのからかい方は度がすぎていた。彼女にこんなことを言われるのもそのせいである。

それにしても、あのお洒落さんが老眼鏡をかけたとは……さぞせつないことだったろう。それを経験している私は――同情する。

無駄なことだとわかっていながら、たとえ一つでも二つでも若く見せたいのが人情というものである。まして、体が資本の俳優は、その衰えをなんとしても他人に知られたくない――そのためにはどんな努力もするし不自由もがまんする。

しかし……芸歴何十年のベテランが、本読みの席で台本のセリフを何度も読み違える醜態は許されない。息子のような演出助手に、

「そこ、ちょっと違ってますが……」

などと注意されるのは――なんともつらい。

ある日、ついに決心する。ズラリと並んだスタッフの〈オヤ、とうとう……〉という視線を痛いほど額に感じながら、ゆっくり、ごく自然な手つきで、かける……老いのしるしの老眼鏡を……。

そのトタン、台本の活字がパッと浮きあがるように鮮明に見え、「目から鱗《うろこ》が落ちる」とは、もしかしたらこのことか、と感激する……が、さて、本読みが終わってその眼鏡をはずしたときのあの照れくささ……。

そんな思いを何度かくり返すうちに、やがて次第にあきらめがつき、ついには見えも外聞もなく、どこへゆくにも手放さないようになる——親愛なるわが友、老眼鏡よ……。

考えてみると、齢とともにあちこちがガタガタしてくるのは当たり前のこと。いくつになっても視力だけは若い人と同じ——というのも少々図々しいかも知れない。

テレビで伺った眼科の先生のお話の一節。

「近くを見るときは適当に目の水晶体をふくらませて調節しているが、齢と共にふくらまなくなるので、凸レンズで補うことが必要になる。大体、四十五歳前後からそうなってくる」

オヤオヤ——それなら私など、三つぐらい重ねてかけてもいい齢なのだから、はずかしがらずにせいぜい使うことにしよう。

そうは思うものの、しっかりものの老女がチャンと度のあった眼鏡をかけて、まわりのものをジロリジロリと見ているのも、ちょっとうっとうしい感じではないかしら。どこの家にも、孫のところへくるラブレター、嫁が行きたがっている同窓会の通知、自分が払うわけでもない電気代のおしらせなど、年寄りは見ない方がいいものがたくさんある。私は面倒くさいものや都合の悪いもの——例えば税金の書類や呉服屋の請求書など、眼鏡がみつからないような顔をして、とぼけることに決めている。

キチンと老眼鏡をかけ、一字一句間違わないように心をこめて、毎年書き直すのは、遺言状である。べつに、財産とよばれるものがあるわけではないけれど、とかくもめごとの多い世の中に、余計な罪はつくりたくない。

眼鏡にくもりがないように、このときだけは丁寧にレンズを磨くことにしている。

使い捨ての時代

今年はちょうど季節の変わり目にあれこれ忙しかったたし、陽気不順のせいもあって、家具や着物の入れ替えに、つい手落ちがあった。

居間兼客間の籐《とう》の座イスを冬物に替えようとして気がついた。〈そうだわ、これ、夏のうちに張り替えてもらうつもりだったのに〉

新調して三年目――よく選んで買ったせいか、まわりの木の部分はつやつやして傷もないが、背もたれの布地がなんとなく色あせたような感じがする。薄い銀ねずだから、やけやすいのだろう。

年寄りの部屋というのは、とかく侘《わび》しくなりがちだし、思いきって張り替えて気分をかえることにしよう、と近くの家具屋さんに電話をした。以前古

い桐箪笥を見違えるように再生してくれた店である。ところが、翌日、

「まことに申しわけありませんが……」

と丁寧にことわられた。張り替えをする職人がどうしても見つからない、という。

「それに、もし居ても手間が高くて……」

つまり、そういうものは使い捨てにして、新しく買った方が得だ、ということを言いにくそうに教えてくれたわけである。

なるほど——そう言えば、古い道具を処分するときはお金を添えるという時代だった。

うちの場合、四個の小さい座イスだから始末も楽だし、買い替えられないこともないけれど——もったいないから、このまま使うことにした。ただ……使い捨てという言葉が、なんとなく心の隅に残ったのは、やっぱり明治人間のせいだろう。身のまわりの品物は、よく選んで買ったうえ、いつもこまめに手入れをし、いたんだら張り替え塗りかえて、せいぜい長く使うこと

——それが私たちの身についた暮らしかただった。

十何年か前、高度成長のかけ声も高く、国中がなんとなく浮きたっていたころのこと——ある座談会で「消費はいまや、一種の美徳」というようなことを出席者の一人が言い出したので、私はつい、

「でも——家具でも衣類でも、いいものをすこしだけ使った方がいいと思います。作る方は数をへらして丁寧にこしらえて、もう少し高く売ればいい。そうすれば使う方もむやみに買えないから、やっと手に入れたものを大切にするでしょう。その方が部屋も広く使えるし、気持ちもゆとりが出来て、年中何かに追いかけられているような、あくせくした暮らしから抜けられるのではないかしら」

と言ったトタンに司会者側から、

「失礼ですが、それは古いお考えですね」

と冷やかされ、同席の大学の先生からは、

「それでは景気が落ちこみます、国の経済の問題はむずかしいですからね」

とやわらかくたしなめられ、経済オンチの私は、赤面して首をすくめたものだった。
その時から、社会は更に急速に進歩した。遺伝子組み換えとやらの研究もされているらしい。うちの冷蔵庫もテレビも、長く使いこんだから、どうも捨てるにしのびない……などと言ってはいられない。部品はとっくになくなっているそうだから、今度故障したら、粗大ゴミとして捨てるより仕方がないだろう。
昨夜、おかしな夢をみた。〈私もいよいよ使い捨ての齢《とし》だから……〉と決心して、いさぎよく姥捨山《うばすてやま》まで行ったら、ナンと何台かのブルドーザーがすさまじい勢いで山をくずしている。どうやらゴルフ場にするらしい。〈それじゃ私はどこへ行ったらいいの？〉途方に暮れて大きなため息をついたら
――眼が覚めた。

余命

新聞を広げれば老いの問題、雑誌のページを繰れば老人についてのシンポジウム、テレビの画面には、いろいろな老人ホームの生態が映されている。私など、一瞬ふと時の人になったような錯覚さえおこし……さて、老眼鏡をかけてよく読むと――たちまちシュンとして肩をすぼめることばかりである。

年寄りの数が急ピッチで増えてきたため、その人たちの生活を支える若い人の肩がひどく重くなってきたらしい。昭和二十五年には十二人で一人の老人を扶養すればよかったのに、五十五年には七人あまり――もう三十年もたつと三人に一人の割合で背負うことになる、ときけば……〈相すみません、長生きしてしまって……〉という気持ちになってくる。私の子供のころには、長寿はめでたいもの、と決まっていたのに――これから一体どうしたらいいのかしら。

戦後しばらくして、私はめずらしく母に意見されたことがあった。

「あんたは子供がないのだから、すこしは貯金をしておくれ、さきざき齢《とし》をとってから、みじめな思いをする羽目になるよ」

しみじみと言われたけれど、私は当時まだ四十の働き盛りだった。

「大丈夫よ、心配しないで――いま貯金したってお金の価値なんかドンドン変わるのだからムダよ。とにかく私は一所懸命、わき役一筋に精をだして、いつでも時価で売れるような役者になるわ、そのときどきの相場で買ってもらうの――生きエビの気持ちよ」

そんな生意気なことを言って母を煙にまいたけれど……自称生きエビも、このごろはくたびれて日増物《ひましもの》になってきた。そのうち、たたき売りしても、買い手がつかなくなるだろう。

「私たち、いくつまで生きるのかしら、それがわかればずいぶん便利なのにねえ」

ときどき、家人とそんな話をする。

あと何年とわかっていれば、最低一年にいくらの生活費として、その何倍あれば安心——というわけで、その額だけは爪に火をとぼしても貯める気になるけれど、

「なにしろ、見当がつかないのだから」

などと口では言っているが——ほんとうは、やっぱり、幕切れの時間は知りたくない——たとえ、途中で無一文になり途方にくれることがある、としても……。

もし、私たちが寝たきりになったら、だれがおしめを替えてくれるだろうか。息子がいないから、嫁もいない。日本では、そのつらい仕事は長男の妻の役目として、当然のように押しつけているところが多いらしい。

「とんでもないことです。息子の嫁が舅姑《しゆうとしゆうとめ》の世話なんて——時代が違い

ます。ぜいたくな結婚式をあげてやった娘だって、心配するのは財産わけのことだけ……実の親に向かって、今から老人ホームをすすめるのですから……」

私と同年配の奥さんが、この間、涙をうかべて訴えた。まだ元気だし、何不自由もなさそうに見えるけれど――このごろ、どこの家庭もなにか危なっかしい感じがする。

結局、私たちの最後を看取ってくれるのは、やっぱり養護老人ホームだろうか。

「それにしてもお金がいるわ。七十すぎたら、少し税金を安くしてくれないかしら」

お金持ちからもっとたくさんとればいい――そう言ったら、経理に詳しい人が、

「でも――財界人はほとんど七十すぎです」

ここにも、厚い壁がある。

「ハイ笑顔」

「ダイヤモンド神話は崩壊したか？」というテレビを見た。何かのときに、お金よりも頼りになると信じられている宝石・ダイヤの価値は絶対変わらないか？ という話である。

それらしい物を持ってもいない私がちょっと膝を乗り出したのは「金色夜叉」以来、女性は幾つになってもダイヤに関心があるからなのか、それとも、神話が崩れれば面白い、という意地の悪い興味からだったかも知れない。

そして見終わったあと、私の心に残ったのは宝石のことではなくて、それを売り歩くセールスマンたちの訓練風景だった。

高価な品が値崩れしている中で——その会社は、手ごろなものを出来るだけ大ぜいの奥さま方に……という販売政策をとっていた。外交の若い男女が手鏡を持ってズラリと並び、上司がその一人一人に号令をかける。

「ハイ笑顔――ハイやめ、ハイ笑顔――ハイやめ、ハイ笑顔――ハイやめ……」

その度ごとに、電気仕掛けの器械のようにパッ、パッとこしらえる二秒の笑顔はだんだん引きつってきて、手鏡にうつるのは必死の形相。なんとしても奥さま方の財布の紐をゆるめさせたい、という健気な努力とわかってはいるけれど――でも、ねえ……。

高校野球の選手宣誓のように、何ヶ条かの売り込み心得を高く叫んで、握りこぶしで天井を突きあげ、割れんばかりに合唱する社歌をきいていると――溜息が出る。

〈この人たちは、毎日こんなことをしているうちに、心から笑えなくなったり、ほんとうの気持ちを自分の言葉で話すことを忘れたりしないかしら……〉老女はとかく余計な心配をする。

近ごろ、若くてやり手と評判の経営者の中には、こういうやり方こそ絶対、と信じこんでいる人が多い。スターへの夢が破れて、青年実業家に転身する、と宣言した青年は言う。

「実力より運がものを言う俳優なんて、虚業です。その点、実業家は努力と根性で必ず成功します。一押し二押し、三に押し——摑まえた獲物は絶対放さない。そうすれば誰より早く、誰より大きく儲けられる——金《かね》は人間をかならず幸福にしてくれますからね」

本当にそうだろうか。お金さえ手に入れればきっとしあわせになれるかしら……。

昔、下町の老人たちはいつも言っていた。

「みすぎ、よすぎのなりわいさ」

みすぎよすぎは暮らしの意、なりわいは食べてゆくための仕事のこと。それをおろそかにしては、この世知辛《せちがら》い世の中を自分の足で歩けない。職業に貴賤はない。誰が何をなりわいにするか、それはご勝手次第だが、とにかくせっせと働くことだ、と若い衆を励ます。そこまでは昔の親方も今の経営者も同じだけれど、そこから先の話は——すこし違う。

「いくらなりわいでも、我ながら浅間しい、情けない、と思うことはよしにしな。ゴリ押し泣き落としはあと味が悪いや。そこまでやらなくても、まともにやってりゃ、食べるくらいは稼げるものだ。金《かね》ってやつは無くちゃ困るが、ありすぎるとろくなことはないぜ」

明治人間は、頑固で潔癖でちょっと意地悪に見えても、相手をいたわる優しさを持つ人が多い。私も残りの人生をそんな風に優雅に生きたいと言ったら青年実業家が笑った。

「管理社会の現実はきびしいですよ。そんな生き方なんて——それこそ神話ですね」

そうかも知れない。〈でも神様お願い、あとホンの少しです、こんな老女が吸えるだけの酸素を、残しておいて戴けませんか?〉

茄子の皮

たしか四、五年前、夏の終わりのころだった。テレビ局のスタジオの隅でスタッフの一人、R君が浮かぬ顔をしてしゃがんでいた。いつもは人一倍陽気な青年なのに……。

おせっかい癖が出て声をかけると——ひどい寝不足だという。前の晩、些《さ》細《さい》なことから細君と彼の父親がいさかいをはじめ、それがこじれて出るのひくの、という騒ぎになり、収まったのは明け方だったらしい。

「正月におふくろが亡くなり、七十五歳のオヤジをひとりにしておけなくて、女房を説得、アパートを畳んで実家へ帰ってきてやったのに、父が毎日のように食べもののことでブツブツ言うんですよ。昨夜なんか、ぬか漬けの茄子のしぼり方で文句言うんだから……」

年よりと若いものが食物でもめるのはどこにもあることだけれど、漬けもののしぼり方とは、ちょっと世話場である。「亡くなったお母さんはよほど料理上手だったのね。奥さんもたいへんだわ」と同情したものの、それっきり隣のけんかで忘れてしまっていた。

今年は暑い夏が短かった。それでも台風ぎみの蒸し暑さで肌が汗ばむ日がつづいた。数日前から食欲がないのは、歯痛のせいもあるようだ。何十年もの間、よく働いてくれた生き残りの智歯——親知らずがとうとうくたびれ果てて痛みだし、抜いてもらって一週間になる。そのせいか、そばの歯までガタガタしてきて思うようにものがかめない。〈いっそ、お茶漬けなら……〉自慢の糠味噌《ぬかみそ》から出したつきごろのお新香——るり色に光った茄子。〈美味しそう……〉得意になって口へ運んだが、ナンと——やわらかいはずのこぶりの茄子の皮もかめない。ネズミのように前歯でしがんだあと、ソッと小皿へ戻した。そして、茄子のしぼり方で怒った、といういつかのR君のお父さんのことをふと思い出した。

「茄子のおこうこは、いま食べる、というときに糠味噌から出して、切ったらすぐ軽くひとしぼりするだけ——しぼりすぎると滓《かす》みたいになっちゃうから気をおつけ……」

私の母は、昔、そう教えてくれた。そのおかげでいま、たとえ皮は食べられなくても、美味しいツユだけは味わえる。あの老人の奥さんも、そういう微妙な味を知っていたに違いない。若い嫁がキュッと固くしぼった茄子を目の前にして、老人がつい小言を言ったのも無理がないような気がする。

年よりは少しずつ、食物の好みが変わってゆく。わが家のご飯もこのごろ、やわらかめに炊くようになった。歯ごたえを楽しんで食べた新ごぼうのキンピラも、時間をかけていため煮する。弱った歯でも味わえるように——。

老人にとって何よりうれしいのは、美味しいものを食べることである。そして、昔、心のこもった手料理を味わっていた舌には、今も味蕾《みらい》がタップリ残っていて繊細な味覚を失わない、という。やわらかいと言ってもおかゆの親方のようなグチャグチャなご飯は願い下げだし、どんなに細かくたたいてあってもあの脂っぽいハンバーグはごめん、ごめん。

このごろはどこの家庭でも子供中心の献立になりやすいという。一流校から一流会社へのレールに乗れるようなエリートふう人間の飼育のために栄養第一。同居の老人はつい忘れられるのだろうけれど……食卓に並べられたごちそうを箸の先で突っつくだけ、と言うような無念な思いはしたくない。

〈もし、うちにお嫁さんがいたら、私は毎日いやみタラタラのお姑《しゅうとめ》さんになるかも知れない〉

一生もん

ゴワゴワした芭蕉布《ばしようふ》の帯をやっと結びあげ、細い帯じめでどうにか形をつけたころには、肌着がグッショリ汗ばんでしまった。新しいものは体になじまなくて手がかかる。

午後二時――テレビ局の車が表に待っている。

鏡台の前に座ると、首すじに二筋三筋、汗が光っている。この部屋には冷房がない。

〈ホントにもう……折角おしゃれしたのに〉

これも仕立ておろしの夏大島の衿《えり》もとを汚すまい、と慌ててガーゼでふきとって傍らの団扇《うちわ》でバタバタあおいでみても汗はなかなか引っこまない。おでこや鼻のあたまへたたいたはずの粉白粉はとっくに消えている。汗っかきは生まれつきだけれど、このごろそれがひどくなった。柱の温度計は二八度五分。

ほんとは今日は、着なれた絽《ろ》の小紋に軽い単帯《ひとえおび》のつもりだった。新番組の顔寄せといっても古いなじみがほとんどだし、第一、脇役の老女優がどう着飾ってみても、今更、若い役がくるはずもなし——お暑い折柄、気楽が第一——そう思っていた。

それなのに……簞笥《たんす》をあけたトタンに、昨日届いたこの着物をサッサと出してしまった。このごろ、日増しにせっかちになってゆく。

毎年、六月、十月の衣替えの度ごとに〈今年はとうとう着ずじまいだった〉そういうものが何枚かある。色あいも柄ゆきも気に入っているのに〈今日は雨が降りそうだから……〉とか〈何だかちょっともったいないような気がする……〉などと着そびれているうちに季節がかわり、やがて何となく派手になってしまって、ある年からは日の目も見ずに納戸の隅へ——いくつかの思い出とともにしまいこまれたままになる。

そう言えば、女の人はみんなそれぞれ、心の中に〈忘れられない着物〉というのを持っているのではないかしら。そして、それにはいつも〈もっと着たかったのに……〉という甘ずっぱい心残りがしみこんでいる。

関東大震災から半年ほどたったある夜、十五の私は床の中でひとり泣いたことがある。焼けてしまった晴れ着を思い出して……その年の春、はじめて父に買ってもらって、たった一度着ただけだったが、紫地に桃色の花びらのしだれ桜——あの柄を今も覚えている。

長くて暗い戦争がやっと終わって疎開先から戻ってきた行李《こうり》をあけた時も、情けない思いをした。大好きな紺地に白の井桁《いげた》の縮緬《ちりめん》の着物が、肩にかけたトタンにピリピリッと破れてしまった。きっと、何年もせまい箱に詰めこまれたままで蒸れてしまったのだろう。それからは何でもセッセと着ることにした。

もう先がない、と思うと何となく落ちつかない。

高のぞみはしないたちだから高価なものはないけれど、はじから染め直したり縫い直したり、新しいものはすぐにおろした。

「……どのくらい着られるかしら……」

この夏大島をこしらえるときもふとそうつぶやいたら、なじみの呉服屋の主人が自信ありげに明るく答えた。

「大丈夫。柄も生地も、これなら間違いなく一生もんですよ」

私はあいまいな顔で笑った。

〈そう——たしかにこの反物は一生もんよね、でも、私の一生は、あと何年かしら……。真夏日にこれを着られるのは、あと何回ぐらいだろうか〉

とにかく、少々暑くったって、着られる日には着なくっちゃ……鏡の中でちょっと気取って、シャンと背をのばして外へ出た。〈それにしても暑いけれど——がまん、がまん〉

あまえ

白い頬《ほお》をふくらませ、紅い唇をとがらせたかわいい童女が、

「もっとちょうだい……ねえ、もっと……」

などと甘えているのは、傍らで見ていてもほほえましい。

まして身内の大人たちは、たちまち相好を崩して、イソイソととっておきのお菓子箱まであけてしまう。

こうして、いつの間にか、甘えのききめを覚えた子が、やがて年ごろになり匂うように美しくなると——ちょっと小首をかしげ、鼻をならすだけで、何でも自分の思いどおりになるのだから、人生なんて甘いもの……などと思いこんだりする。

しかし——老いは残酷である。年ごとに若さの魅力が失われ、それと同時に甘えの神通力も薄れてきて——ある日、どう甘えても相手に見向きもされず——足元に冷たい水がヒタヒタとまわってきたような気がしてくる。

〈この間までは——あの人も、この人も私に優しくしてくれたのに……〉

長い間悩んだ末に、やっと探しあてたよりどころは——あれほど恐れていた老齢である。

〈そうだ、私は齢をとったのだから——もっと皆に尊敬され、大切にされるべきだ〉

開き直ったつもりだけれど——これも老人の甘えだと思う。若さの甘えは、まだ多少のかわいげがあるけれど、年寄りの押しつけがましさには、まわりのものはただ、しらけるばかりである。元○○とつけば、なお気が重い。

むかしの話——長期のロケーション先の旅館で、元スターだった人と私が相部屋になった。その日、この先輩はひどく不機嫌だった。

「私は一人部屋でないと眠れないのよ。大体、このごろの製作部は失礼よ、私のことをだれだと思っているのかしら……この撮影所の看板女優だったことを知らないわけでもないだろうに……」

その晩、私は結髪さんの部屋へ割り込ませてもらったが、次の日から、彼女のおふろや食事の世話で忙しかった。付き人代わりである。

その人はたしかに、一時期、華やかなスターの座にいたけれど、齢には勝てず、初めて老けのわき役にまわされたときの口惜しさ、やるせなさは、私にはよくわかる。

けれど――三十年前に映画会社をどれほどもうけさせたとしても、今は――関係ない。このめまぐるしい芸能界で、いつまでも前官待遇を求めるのは無理というものである。

それなら――老人ということで尊敬しなさい、などともし言ったら、十五、六のアイドルたちに「古くていいのは骨董ばっかり」とはやし立てられるかも知れない。

ある老優は、若い役者たちが長幼の序をわきまえないと、腹を立てたあげくノイローゼ気味になり、とうとう廃業してしまったが、そのことは三日と話題にならなかった。

いつまでもこの職業をつづけたい、と願うなら——寄りかかるものを決してさがさず、転んでもすべっても、何とかひとりで立ちあがり、昨日は昨日、今日は今日とそのときどきの絵を描いてゆくより仕方がない。

毎日の暮らしの中でも気をつけよう。

私ときたら、この間もおふろのタイムスイッチをかけ忘れ、熱湯にしてしまってから、

「アラ、マアー——でも、としよりのしたことだから、かんにん……」

言いかけて口をつぐんだ。自分自身、あんまり老人だと思ってもいないものに限って、とかくこういう言いわけを言う。

老女の甘ったれには……なりたくない。

縁あって

ＮＨＫのテレビドラマ『ながらえば』をみた夜、私はなかなか寝つけなかった。

病院の一室でベッドの老妻に背をむけて窓辺に立った老人・隆吉（笠智衆さん）のやり切れなさいっぱいの泣き顔が目にやきついて消えなかったからである。

この年、七十五歳になるこの老人は、息子の転勤で、住み慣れた名古屋を離れて、富山へ行くことになった。ただ一人、病院に残してゆく妻に、やさしい言葉もかけずに汽車に乗ってしまう。別れをつげにいったとき、病妻が検査のためにほかの部屋へ行っていて、その帰りが待ち切れなかったからである。

　そのあと、嫁いでいた娘が、母に逢わずに行ってしまった父の薄情をなじると、この老母は「四十分なんて、よく待った方だよ」と夫を恨みもせず、「照れているのだから」とかえって彼をかばっていた。朝から晩まで欄間《らんま》を彫る仕事に没頭し、ろくに口もきかない偏屈な亭主に長年連れ添ってきたこの女房は、明治男の照れの下にかくされているやさしさを知っていたのだと思う。

　まともすぎる男にとっては、生きにくい世の中である。はた目にはただ、わがままな関白亭主としか映らない隆吉も、ほんとうはこの妻を愛し、そのいたわりに支えられて生きてきたにちがいない。だからこそ――富山へついて三日目に、嫁の目をぬすみ、片道切符にも足りないわずかなお金を握って、病院へ引っ返す気になったのである。たぶん、息子たちの手前、妻にあわずに来たことを悔やむ心が抑え切れなかったのだろう。

　やっとたどりついた病室の入り口で、眠っている妻をみたときの崩れるようなほほえみ、ベッドの傍らに立って、じっとみつめる目のやさしさ、頰をなでてやる武骨な手もきっと温かかったことだろう。病みほおけた老妻の額にそっと口づけしようとした時、ふと目をさまされ、あわてて窓ぎわに身を退いてみたものの、とうとう、こらえ切れずにつぶやく。

「わしは富山はいやだ、名古屋におりたい――おりたい――わしはお前とおりたい」

この頑固一徹な老人が大粒の涙をこぼし、まるで子供のように泣きじゃくりながらもらしたこのひと言は、私の胸を打った。おそらく五十年あまりの夫婦生活の中で、この人が初めて口にした愛の言葉だったろう。枕もあげられない老妻のやつれた顔にスーッと赤みがさしたように見えた。

私もこの人たちと同じ年配である。夫婦生活の多くはこんなものだった。妻と一緒にいたい、などと口走る男は、甲斐性なし、と笑いものになったし、肩を並べて歩いてさえ、町の人たちは手を打ってはやしたてた。

恋の愛のという言葉は、口にするさえはばかられていた。結婚したら、早く男と女の関係に終止符を打って夫は家という大切な単位を守り、妻は次の世代を継ぐ子供の養育に専念する——そんな考えが、一般にゆきわたっていた。

私は人間にとっていちばん大切なのは家族、とりわけ夫婦という単位の営みのような気がする。

このながい地球の営みの中で、ホンの一瞬だけを生きる二人が、縁あって連れ添い、泣いたり笑ったり、ときには喧嘩をしながら少しずつ相手を知りつくし、いたわりあってゆく。いずれはどちらかが先にいなくなる、とわかっていても、その瞬間まで、私も隆吉同様に〈そんな相棒と——一緒におりたい〉

忘れる

ちかごろ——人の名前をほんとに忘れる。

目の前のテレビのコマーシャルでニッコリ笑っているかわいい女優さんは、〈……エエと、この人なんていったっけ……〉

たしか、去年の春、ホームドラマで何度か一緒になったときも、こういうふうに前髪をパラリとさげて、ちょっと甘えるようなセリフまわしで……どうも名前が思い出せない。小首をかしげていると、

「もの忘れはボケのはじまり……」

などと家人にひやかされ、こちらも、

「そろそろ——きたらしいわねえ」

と、さも深刻そうに眉をひそめてみせたりするけれど——内心ではそのことをあまり心配していないのを、お互いに知っている。

なにしろ、長く生きている上に、職業柄、毎日のように新しい名刺をいただく。ドラマのなかの息子や娘は顔なじみとしても、孫役のかわい子ちゃんは番組ごとに彗星《すいせい》のようにあらわれるのだから、とても覚えきれない。特殊な才能をもつ人は別として、大体、記憶力というものは体力とともに衰えるそうだから、齢《とし》ごとにもの忘れがひどくなるのはごく自然なこと。毎日郵送されてくる宣伝物——洋風料理のこしらえ方から高級マンションのおすすめ、百貨店の大売り出しまで、こんなにカタカナとＡＢＣが多くては、忘れる以前に覚え切れないのが当たり前——そう開きなおるより仕方がない。

どうあがいても、生理的に若い人にはかなわないのに〈まだまだ、あんなこどもに負けるものか〉などとむやみに張り切ることもない。〈まあ、こんなものよね、この齢では……〉と素直に現状を納得する方がずっと健康にいい。

〈また忘れた……私はもうだめ、ボケてしまった〉などと自己暗示をかけると、トタンにぐっと老けこんでくる。人の名前や新しい言葉など、忘れたからと言って別にどうということもないような気がする。

「あの人ったら、ホラ、あれをああしたものだから、あんなことになって、お気の毒ね」

これでもけっこう話は通じる。ときにはそれが年寄りらしい愛敬にもなる。

いくら老齢でも、これだけは忘れては困る……ということも人それぞれにあるだろう。私は役者だからセリフだけはキチンと覚えなければまわりが迷惑する。従って仕事の口もなくなってしまう。そのきびしさを身にしみて知っているから、自分なりに一所懸命工夫してなんとか頭に入れている——これもいつまでつづくか、わからないけれど……。

もう一つ——私は主婦だから、家事に気を配らなければならない。年中、煮物を焦げつかせたり、汚れたコタツ布団を押し入れの隅に突っこんで忘れていては、楽しく暮らせない。そういう雑事をなんとか無事に転がしてゆくための助っ人は、メモ用紙と鉛筆、消しゴム――こぎれいなお菓子の空き箱に入れてあちこちに置き、忘れてはいけないことはすぐに書いて自分の目につくところに置くようにしている。台所の黒板や居間の予定表も、私にとっては転ばぬ先の杖――〈それっくらいのこと、忘れるはずがないわ、私にかぎって……〉などと自分を信用しすぎては、つい肩に力が入ってくたびれる。

毎日の暮らしの中で、いくつかの大切なことのほかは、ほとんど忘れてもいいのではないかしら。年寄りにとって、わずらわしい情報が多すぎる世の中である。

よそおい

昨夜おそく、たしかに目覚ましをかけて寝たはずなのに……雨戸のすき間から洩れる陽に目をさましたのは、八時四十分。

〈たいへん――ゴミを出さなけりゃ……〉

このところ、日曜祭日と来客がつづいて、捨てなければならない厨芥《ちゅうかい》がたまっていた。

とび起きて、寝巻きに羽織をひっかけ、その上から前かけをしめ、寝乱れ髪を両手でかきあげながら勝手口へかけ出し、大きなポリ袋を三つ持ち出したトタンに清掃トラックの警笛がきこえた。ヤレヤレ間に合った。

さて、ゆっくり雨戸をあけて鏡台の前へ座って――アッと息をのんだ。

〈これはまあ、一体何という格好……〉

指先でおさえたはずの髪の毛は、出入り口の扉でこすったらしく、八方に乱れて、まるで夜叉のよう……あわてて着た羽織の下から、寝巻きの衿がまる見えのだらしなさ。明るい朝の光の中に浮きあがる無残な姿――だれにも会わなくてよかった。

永い間の俳優稼業で、汚れ放題の泥老けの役は幾度もやっている。化粧や衣装の係りの人と相談して、貧しく哀れに見えるように工夫をこらし、それでなんとなく芸術的な仕事ができるような気がして、内心ちょっぴり得意だったものである。

けれど――いま、この鏡に映っているのは素顔の私、毎日の暮らしの中の私である。こんな格好を見た人は「いやねえ、年寄りは……」と顔をそむけるにちがいない。髪や衣装がどんなにその人を変貌させるか、私は役者だからよく知っているくせに――。

丁寧に顔を洗い、キチンとふだん着を着て、髪を丹念に梳《す》いて結いあげると、こざっぱりして、やっと気が晴れた。

化粧水をたっぷり、顔から首すじにかけてこすりこむ。その上を粉白粉をよくもみこんだパフで軽くたたき、生え際や眉をガーゼで拭いて頬紅をホンのひと刷毛、最後に口紅を、ありやなしやの気持ちだけ……。

いい齢をして化粧などいやらしい、とは私は思わない。年ごとの衰えをなんとか補修するのは、まわりの人へのエチケットだと思う。自分の醜さは鏡に向かったときだけしかわからないが、相手はいやでもこちらと顔つき合わせなければならない。

ただ、老女の化粧はあくまで控えめでなければ——私は、自分が気に入った色の頬紅よりは地味なものを、少しだけつけるようにしている。ある先輩の女優がいみじくも「自分の瞼にやきついている顔は、十年前のもの」と言ったが、たしかにその通りだと思いあたる。希望的観測の色めがねでうぬぼれていると、日ごとにふえる皺やシミを見失ってしまうからである。

往年のスター女優が仕事をやめて十年後、母親役でカムバックしたことがある。なぜかその一作で姿を消した。演出家と感情的な行き違いがあったらしいが、堅気の母親役としては派手すぎた髪形、赤すぎた口紅やまつげの長さなどがこじれる原因だったという噂だった。若いとき、美貌で売った人だけに、どうしてもそういう化粧が捨て切れなかったのだろう。そのころ、ひどく身につまされた記憶がある。

鏡台の前であれこれ思い出していたら——もう九時。〈今朝は久しぶりで餅粥《もちがゆ》にしよう〉眼鏡をかけて、もう一度、皺の中の粉白粉が残っていないか……よくたしかめて、ドッコイショ立ち上がった。

つきあいの輪

〈一日が二十六時間だったらいいのにねえ……〉

お逢いしたこともない方たちからの、沢山のお手紙を前にして、つい、そんなことを思ってしまう。私と同時代の方から、孫のような若い方まで——みなさん、心をこめて書いて下さるのに……私はいつも拝見するだけ。

〈せめて、毎日、あと二時間のゆとりがあったらお返事が書けるのに——今のいそがしさではとても……〉

大体、月に一度のデレンコ日（私が名づけた一切何にもしないで怠ける日）のほかは、たとえ本職が休みの日でも、あれこれ用事がいっぱいで、とにかく忙しい。そそっかしいから掃除は手早い方だし、テレビを見ながら長襦袢の衿をかけ、豆を煮ながら雑文のテーマを考えるような、かなりいい加減な暮らし方をしているのだけれど——時間が足りない。

〈なにしろ、私の千秋楽はもう目の前——残っている日を大切に使わなければ……〉

悩んだあげく——今日ただいま、どうしてもしなければならないことだけをしよう……そう決めた。

一、毎日、充分に眠ること——たっぷり寝て、前日の疲れをよくとらないと、私の頭や身体は人並みには動かない。低血圧の老女にとって過労はなにより大敵。げんに身近な人が、そのために次々と倒れていった。

一、いつも美味しい食事をすること——高価なものとは限らない。手料理のおそうざいでも、うまいと思うものでおなかがいっぱいになればしあわせな気分になり他人にもやさしくなる。なんとなく物騒な世の中に、せめて自分のまわりだけでも平和に……という訳である。

一、新聞や本をせいぜい読むこと——人間は齢をとると、とかく頑固になり易い。つとめて世の中の移り変わりを見、利口な人の説に耳を傾けて、頭をしなやかにするように心がけないと、知らず知らず、老害をまき散らす。

なるほど——私の一日は忙しいはずである。しなければならないことは、みんなたっぷり時間のかかることばかりなのだから。と言って、せめてこのぐらいのことをしなければ、生きている甲斐がない。

さて、ほかになにか時間を節約出来ることはないかしら？

あった——つきあいの輪を、もっともっとせまくすればいい。

私は若いときから、つきあいが悪かった。よく、義理を欠いた。義理とは、相手とのつきあいの上で、いやでも守らなければならない世の中の掟——と言われている。まして、私は女優——その掟に従わないために職業上の不都合は沢山あったが、わがままな私は、行きたいところ以外はゆかなかった。

そして、齢を重ねたいま——その行きたいと思うところへも、なるべく行かないようにしよう、というわけである。

〈それでは、義理を欠く上に、情誼《じょうぎ》も捨ててしまうことになる……〉

と、下町女の胸は――痛む。

でも、仕方がない。自分の身体の都合を第一に考えなければ……年寄りに無理は禁物。もし、倒れて寝たきりになったりしたら、身近な人にどんなに重い苦労を背負わせることか……。情誼に欠ける辛さは、自分の心一つで耐えることにしよう。

昨日は知人の葬儀に花だけを捧げた。今日も後輩の結婚式に祝いの言葉と贈りものだけを届けよう。外は寒の戻りで、まだ冷たい。

堪忍して下さいね――老齢《とし》に免じて……。

「わが姑《はは》は聖母」

私の仕事の上の相棒――マネジャーの山崎女史のお姑さんが亡くなった。きれいな瀬戸内海にのぞんだ尾道の家で、床についてから半年ほど……あと三日で満九十歳のお誕生日をむかえるところだったという。

「……百まで生きて貰いたいと思ってました。ほんとにいいお姑さんでした」

夫婦とも東京の仕事が忙しくて、尾道を訪れるのは年に一、二度。二十数年の間に、姑の身のまわりの世話をしたことはほとんどなかった。

「そんなふつつかな嫁を、とてもやさしくいたわってくれて……もっと傍にいたい――いつもそう思うような人でした」

姑の名はおていさん。尾道屈指の酢屋に嫁いだが、長男を産んだあと耳を患って重い難聴になり、しかも、そのころ日本中を吹き荒れた不況の風に煽られて婚家は倒産。傷心の義父は彫刻ややきものの趣味にのがれ、気の弱い夫は腕を組んで考えこむばかり。暮らしの苦労を小柄な細い身体にひとり背負って、どんな思いで六人の子供を育ててきたか——いつも優しい笑顔を絶やさない晩年の姑からはとても想像出来ない、という。

娘や息子がやっと一人前になり、夫を見送ってからも、おていさんは身体や手を休ませなかった。手広く洋裁業を営む長女の傍で仮縫いを手伝い、端切れを集めて洒落た袋ものや可愛い玩具などをいつの間にか縫いあげる。料理は名人級。東京の嫁が帰る朝、そっと手渡される見事なお弁当。お土産にもらった手製の鯛の浜焼きの味は忘れられない。若い孫たちの舌が肥えてしまったのは「おばあちゃんの料理がうますぎるせいさ」と家中に笑いが絶えなかったらしい。

八十半ばをすぎても料理の腕は落ちなかったが、ある日、身内の集まりで、自分がきれいに盛りつけた大皿の刺し身の一切れをヒョイとつまんで口にいれ「あ、おいしいのう」とニッコリしたとき子供たちは思わず顔を見合わせた。この母親は昔から家族のためにはよく刺し身をつくったが、「私は嫌いじゃ」と決して食べなかったからである。

「これからは母さんも好きなものを食べて、せいぜいわがままを言ってくれるといい」

家中で心からそう願ったのに、寝ついてからは、すまない、すまない……と小さい身体をいっそう縮めるばかりだった。下《しも》の世話はことに恥ずかしがり、初めて布団を濡らした日は、一日中壁の方をむいて顔をかくしていた、とは——なんともいじらしい。その夜枕辺で看取る長女に囁いた。

「……わたしらみたいに役にたたんもんは、大きな袋にいれて、海の中へドボーンと放ってくれたらいいんじゃ……そうしておくれ、お願いじゃから……」

いや味でも皮肉でもない——何とか家族の邪魔にならんように、という、

その心根が哀れで……娘はやさしく、小さい手をさすりながら、

「お母さん、あんたのお母さんがそうしてくれ、と言ったら、あんた、そうしたかね」

老母はしばらく、じっと考えて、

「……出来んなあ……出来ん……」

「そうじゃろ、だから私も出来んのよ、お母さんは私ら育てるために充分働いたんじゃから……もう、ゆっくり休んだらええのよ」

静かにさとされて……ホッとしたのだろうか──一生働きつづけた母親は、その日から家族の手厚い看護を素直に喜び、やがて、満足そうに生涯の幕を閉じた、という。

「わが姑は聖母なりき……」

山崎さんは、いくつかの思い出を懐かしむようにつぶやいた。

回想・ふとんのこと

このごろ、朝の寝覚めのひとときをゆっくり楽しむようになった。齢《とし》のせいだと思う。

雨戸の隙間から洩れる光の中で、夢ともなく現《うつつ》ともなく、過ぎた日のことなど、あれこれ思い浮かべている。今朝は細い雨が軒端を打つ音が聞こえる。どうやら梅雨にはいったのか……肌寒い。掛け布団をそっと肩まで引きあげた。この中掛けは薄手だけれどけっこう暖かい。

「人生の三分の一は寝ているわけだから、お布団は美しいものでなければ……」

吉屋信子さんが、そんな意味のことを書いていられるのを少女のころ読ん

で、とても感動した。それからは毎年、母の布団づくりを一所懸命手伝うようになり、

「まあまあ、どういう風の吹きまわし?」

などと笑われたものだった。

そのころの私の敷き布団は木綿の格子縞――掛けは同じ木綿の掻《か》い巻《ま》きで、重たいけれどたっぷり綿のはいった広袖は両肩を暖めてくれたし、衿にかけられたビロードの感触が気持ちよかった。浅草の私の家は、どこからともなく隙間風が吹きこむ木造家屋――暖房はなかった。

関東大震災のとき、私は十五。姉や弟と、どうやら上野の山まで逃げたけれど、そこもいっぱいで、座るのがやっと――近くの人は夜具まで持ちこんでいた。夜が更けて浅草辺りに凄い火柱が立っているのが見えた。そこに残っている筈の両親のことを思うとふるえがとまらなかった。暁方、疲れ果ててウトウトしたが、いきなり固い土に強く頭を打ちつけて、ハッと目がさめた。どうやら私は隣の人の敷布団の端を枕にしていたらしい。あわてて

謝ったけれど……〈こんなときにそんなに邪慳《じやけん》に引っ張らなくても〉と涙が溢れてきた。六十年後の今も覚えているくらいだから、よほど恨めしかったに違いない。

新劇女優になってから、治安維持法に触れて未決の独房にいれられたが、そこへ母がさしいれてくれた夜具も忘れない。フカフカの真新しい銘仙地——茶色に赤の横縞模様は、不肖の娘にふさわしくない美しさだった。

映画界へはいってからは、ロケーションでずいぶんあちこち旅をした。辺《へん》鄙《ぴ》な町の小さい宿屋でもこざっぱりした柔らかい布団に寝かせてくれるところがあったし、有名旅館の夜具でも、冷たくて気持ちの悪いものもあった。

戦争が烈しくなってからは、馴れた布団にゆっくり手足をのばせる夜はすくなくなった。防空頭巾をかぶってモンペの脚をちぢめて地下壕で不安なときをすごすことが多く、打ち直しをしない布団の綿はだんだん固くなり、湿気をふくんで重くなっていった。

やっと、戦争が終わって、どうにか、食べるものが手にはいるようになり、住む家も決まってホッとした私は、疎開先から無事に戻ってきた訪問着をほどいて、思い切って派手な夜具をこしらえた。その中で眠ると、ひどい戦争の辛さが、いくらかでも溶けるような気がして……。冷たい独房で、母におくられたきれいな布団に寝た時の気持ちに――似ていた。

齢をとってからは……ただもう、軽くて暖かいものばかり好むようになってしまった。

〈今年の冬は、羽根ぶとんをおごろうか〉

広告をみてふとそう思ったりするけれど――でも、多分、実現しないと思う。〈何さまじゃあるまいし、そんなぜいたくなことをしちゃ……〉申し訳なくて眠れないかも知れない。下町育ちの老女というのは妙につましいところがあって――我ながら扱いにくい。

人それぞれ

国電原宿駅のホームに沿った道路側に、縦横三メートル前後の写真パネルが十枚あまり展示されている。風景や動物など、時折テーマを変えて、この二、三年、テレビ局の行き帰りにそこを通る私の目を楽しませてくれている。この春の、世界の子供たちの表情をとらえた作品はことに素晴らしく、車の窓におでこを押しつけるようにして、見上げながら通りすぎたものである。

水たまりにはまってベソをかく子、野球のバットを抱えたまま、すねている子、子犬をだいて、顔中、口にして笑っている子など……いつも時間に追われながら、しばらくはその日のセリフも忘れてウットリするほどの傑作ぞろいだった。

肌の色の白い子、黒い子、黄色い子など、世界中の無邪気な子供たちの顔――この子たちは、やがてどんな大人に成長してゆくのだろうか。生まれた国や町、ことに家族たちによるだろうけれど……どうぞ、あの写真に見たような生き生きとした個性を失わず人間らしく育ちますように、――おせっかいな老女はそんなことを思ったりした。

近ごろ、世界のどこの国でも、エライ人の望むような標準的ないい子ばかりをもてはやすような風潮があって、なんとなく気になっていたからである。目上の人に逆らわず、学校の成績だけを大切にして、まわりの人の敷いたレールの上をただ黙って走る若者ばかり多くなったら、さぞ味気ない世の中になるだろうに……。

そういう人たちは齢《とし》をとっても従順だから、高齢者対策に苦心する人たちにとっては扱いやすい、と思っていたら、案外そうでもない、という。齢とともに抑制がきかなくなり、長い間押し殺していた自分の感情が噴き出してきて、ほかの老人の生き方が許せなくなるらしい。自分よりほんのちょっと派手なものを着る人に対しては「齢も考えないで」と眉をひそめ、茶飲み友達が欲しい、という人があれば「いい齢をしていやらしい」とはげしくなじったりして——結局、だれからも敬遠され、果てはひがみが昂《こう》じてイライラして、まわりの人を困らせるようである。

強い人、弱い人、陽気だったり陰気だったり——人間それぞれの性格がある。その個性に従って自分の好きな生き方をしてこられた人は、何よりしあわせだと思う。けれど——それが素晴らしかったといって、ほかの人間に対して「あなたもこうすべきだ」などと決めつけてしまうのはどういうものだろうか。人はいつも、あれこれ迷いながら一所懸命自分の道を探してこそ生きがいがある。自分自身、世間のやり方に従わなかったおかげで自由に生きられたのに、まわりの人に自分の意見を押しつけるのは、おかしなことである。

そう言えば、幼いころ、貧しいためにさんざん苦労して、そのおかげで成功したと語る人が、自分の子や孫だけはそんなめにあわせたくないと、甘やかし放題の人が多いのも腑に落ちない。社会のルールだけはキチンとしこんで、あとはその子の個性をのばしてやった方がよさそうなものなのに……。

老人は何かにつけて人の世話になるのだから――と同じ暮らし方を強いられるのもつらい。人それぞれ――ひとりで住むのも、ホームにはいるのもその人の心次第――それでなければ生きている楽しみがない。すこしでも老人の個性を尊重してくれるような――そんなすてきな老人対策を、なんとかお願い出来ないものだろうか――むずかしいとは思うけれど……。

手のぬくもり

〈……呆《ぼ》けたくない、ボケませんように〉

老人ホームのベッドに身じろぎもしないで、じっと座っている老女のうつろな目――深夜、廊下のあちこちを汚して歩く老人のやせた後ろ姿などがテレビに映ると、つい祈ってしまう。あの人もこの人も、私と同年配である。齢を重ねて、身体のあちこちが不自由になったり、白髪や皺で醜くなるのはあきらめよう――生きものはすべて、そうして次第におとろえ、やがて朽ちてゆくのだから……。

けれど……身体はまだ生きているのに、頭だけがその働きをやめてしまうというのは――みじめすぎる。そんな老人を抱える家族の苦しみも、聞くたびに胸が痛む。せめて、幕をとじる直前までボケませんように、と私なりの工夫はしているものの……もし、何かのショックで心のバランスを失ったら、二度ともとには戻らないのだろうか？　介抱する人を苦しめる異常行動だけでも治すことは出来ないのだろうか？　それが、私の秘かな心配だった。NHKテレビの『ボケはどこまで治るか』は、そんな悩みに一筋の光を与えてくれた。

老年医学の専門家・福岡大学医学部の田中多聞先生は、ボケ老人の僅かに残された機能を音楽で刺激して、その症状を少しでも軽くすることを考えられた。その結果、すでに五五パーセントの患者に効果を与え、一〇パーセントは自立することが出来たらしい。

田中先生は、前日入院したまま、じっと沈みこんでいる老女を自分の前の椅子にかけさせ、やさしくいたわりながら——多分、その人が少女のころ、歌ったと思われるテープの歌をくり返し、きかせる。やがて、老女の固い表情はだんだんにほぐれ、小さく手拍子をうつようになり、「楽しいか」とき

かれると、

「たのしい――生命《いのち》の洗濯をしているようで……白い布がフワーッとゆれて……」

そんな意味のことを言った。この人はもともと豊かな表現力があったのだろう。その彼女が心から嬉しそうに笑ったのは――一緒に歌い終わって、握手を求めた田中先生に、

「あたたかい手をしていますね」

と言われたときのように見えた。冷え切って固く結ばれた心が、懐かしい音楽にほぐされ、なんとかして治してやりたい、という医師の優しさに揺り動かされて、失った感情を少しずつ取り戻したのか……一ヶ月ほどたって、元気になったこの老女はほかの患者達のために、美味しそうなスキヤキを煮ていた。

外部からの音一切《いっさい》――音楽にも人の話にも反応を見せず、一言もものを言わなかった老人は、ある日、田中先生に連れられて故郷の海辺へ行ったトタ

ン、堰を切ったように立てつづけに意味不明の声をあげ、その夜、旅館できいた音楽に初めて喜びの感情をあらわした。
ホームに帰って食堂で医師と並び、お湯割りの薄い日本酒を口にしたこの老人は、「うまい！」とハッキリ言って相好をくずした。自分のために酒をつぎ、乾杯をしてくれた先生の優しさが――おいしかったに違いない。

「いい齢《とし》をして……」世間の人はとかく、その一言で老人を押さえこもうとするが、それはおかしい。幾つになっても、人間は死ぬまで人間、決して木石にはならないはず……好きなものもあれば欲しいものもある。ボケを多少でも防いでくれるのは、家族の愛情、友人の愛情――とりわけ効くのはやさしい異性の愛情。

みな様にお願い。頑《かたく》なになった老人たちに、一匙《さじ》の甘味を……私のために、あなたのために――お互いのために、どうぞ……。

泣き言引受所

「齢《とし》をとるって……寂しいものね」

用事をすましたあと、座敷でお茶を飲みながら、あれこれおしゃべりをしていた友だちが、フッと黙ったあと——下を向いて、ポツンと言いだした。しっかりものの下町女だけれど……やっぱり、このごろ急に老けこんでしまったご主人のことが胸につかえているのだろう——勤勉で貞淑な人だっただけに……。

しばらくは、誰にも言えない愚痴がつづいた。

「……アラ、ごめんなさい、つまらない話をしちゃって……いえね、齢をとるって、何て寂しいことか、と思って……つい」

「淋しいのはお前だけじゃない……」

わざと気取って、私が言うと、彼女もパッと気をかえて、

「そうそう――あのテレビドラマ面白かったわね、サラキン地獄って、凄いのね」

「まあね、お互い、その地獄に落ちていないだけでも、しあわせだと思わなけりゃ……」

「ほんと――ぐずぐず言うな……ハイ、反省します――でもね、ここでボヤいたおかげで、また元気が出たわ。ありがとう……」

シャンと背すじをのばして帰ってゆく後ろ姿を見送って私は思わず溜息をついた。

〈ほんとにね、……齢をとるっていうのは、寂しいことね、お互いさまに……〉

身体は日ごとに衰えてくる。この間からの、沁みるような右腕の痛みがどうにか治ったトタンに、今度はへんに腰が重い。やっと起きて朝刊を手にと

ると、まず目がゆくのは社会面の下――黒枠のお知らせ。〈アラ、この人もとうとう……〉〈マア、この人も……〉自分と同じ年ごろの知人の不幸に、つい、気が沈む。

この間も、そんな想いでノロノロと髪をとかしながら、顔をあげて――ギョッとした。鏡にうつる、陰気な老婆〈オオ、いやなこと……〉それでなくても楽しいことの少ない世の中に、家の中でまでこんな顔を見せられては、まわりの人はたまらない。齢をとるのも寿命がつきるのも自然のなりゆき――どうにもならないことはあきらめるより仕方がない。ときたまの愚痴は気晴らしの健康法だが、度がすぎれば聞く方はくさるし、言う方はますます不幸になるような錯覚がおきてくる。

二、三日前に戴いたお手紙もそんな感じ。

「……子供は無いし主人は無口。動物はみんな嫌い。身体が弱いからボランティアは駄目。テレビを見るだけの空しい日を送る老女です。齢をとると何故こんなに寂しいのか――私に、生き甲斐を教えて下さい」

　この奥様は、どうやら、ネクラらしい。

〈子供がないのはたしかに寂しいけれど、でも私、無い子に泣かされぬ――という諺を、このごろよく思い出しています。ご主人の無口の分だけあなたがおしゃべりなさったら如何？　テレビを見るたびに賞めたり、けなしたり、ときどき大声でスターの悪口を言ったりすると気が晴れると思います。人間の生き甲斐などという高級なものは凡人にはとうてい見つけられないものと、私はとうにあきらめています。強いて言うなら――昨日の生き甲斐はおいしい鰹を食べたこと、今日のそれは、苦労している友達をなんとか励ますことが出来たこと――安直ですが、私には手ごろです。齢をとって寂しいのはあなただけではありません、さ、元気を出しましょう〉

　そんな返事を書こうとしている私は、どうやら、ネアカの陽気な女房か――仕方がない、ほかにどう仕様もないのですから……。

来世は男？　女？

「どうして、男性の方がいいのですか？　なぜでしょうか？」

この間、雑誌のインタビューで聞き手のきれいなお嬢さんにそう言われて、私はちょっととまどった——が、

「だって、今度生まれかわるときは男になりたい、って、ご本にお書きになってます」

あ、……そう言われればたしかに、幼いころの浅草の思い出のなかでそう言っている。

寒い日の廊下のうすべり、赤い炭火の七輪《しちりん》、小さい鉄板——子供たちはど、んどん焼きが大好きだった。でも私は、なかなか食べられなかった。おいし

いイカ焼きが出来あがるころになると、決まって兄や弟から、ウドン粉貰ってこい、おしたじが足りないよ、早く早くとせきたてられ、戻ったときは鉄板の上はカラッポ。おまけに散らかし放題のあと片づけは女の子の役。翌日、私は観音さまに手を合わせて一所懸命お願いしたものだった。

〈今度生まれるときは男の子にしてください〉

小娘になってからは、そんなことは忘れてしまった。目ばかり大きくヒョロヒョロしてまるで力がなかったせいか、大好きな三社祭にも、男のようにお神輿をかつぎたい、などとは夢にも思わなかった。こざっぱりした着物に新しい下駄を履いて、人垣のうしろからお通りをのぞくだけで満足だった。血気さかんな若い衆たちが、手がさわった、足を踏んだと他愛もないことから喧嘩をはじめて、

「男がこのまま引っこめるか……」

などとむやみにゲンコツを振りまわしたりするのは、見ていて気の毒な気がした。

〈男の人もたいへんね、見栄があるから〉

男・男と世間から期待されるから、何かにつけて胸を叩かなければならない。

「ボクはきっと、君をしあわせにする」

結婚を申しこむときも、男性はそう誓わなければ相手にされない。女性はただ、ウットリとそれを聞いているだけでいいけれど……。

現代社会の経済の仕組みは複雑らしい。自分ひとりがどう努力しても、愛妻をかならず幸福に出来るかどうか……同情してしまう。

それなら、次の世も女性に生まれる方が楽なはずなのに――私がそう思えないのは、人間の寿命がのびすぎたからである。

長生き出来るのは、とても嬉しい。けれど、頭も身体も動かなくなるまで生きてしまったら――誰かのお世話になるより仕様がない。ぼけ老人の看護がどんなに辛いか――疲れ果てて倒れる人がどんなに多いか……。千葉大学の中島助教授が「呆け老人をかかえる家族の会」を対象にした調査によると、看護されるのは男二百十六人に対して女は約二倍の四百四十人。看護する人の九割は女性で、嫁が姑を、娘が実母を、妻が夫を――という順だという。個人より家を大切にした昔は、姑の世話は嫁の義務とされていたが、幸か不幸か、そのころはぼけるまで生きる人はすくなかった。高齢者が増えつづける現在――嫁、娘、妻はそのやさしさだけで辛い毎日に耐えている。けれど――もう、気持ちだけでは支えきれないところまで来てしまった。

女性に、しあわせを約束してくれる男性へのお願い……疲れ果てている女の人たちの姿をよく見てください。そして、ときどきは骨休めが出来るように力をかしてください。特別養護老人ホームや在宅福祉サービスの充実にも本気で取り組んでください。〈そのことはキッとあなた自身のしあわせにつながる、と思います。だって、男も女も老いるんですもの〉

シミだらけの地球

私が地球儀を初めて見たのは九つか十……それは弟が子役をしていた浅草宮戸座の「島田左近」という芝居の出道具の一つだった。

座頭の沢村伝次郎さんの特別の注文で、幕末、開国を唱える侍、左近が勤皇攘夷の志士に襲われる隠れ家の机に、大きな球がおいてあった——ハイカラな葡萄酒の瓶と一緒に……。「あれは地球というものさ」と知りたがりの私に教えてくれたのは、狂言方の金子のおじさんだった。学校がひけるとすぐ、楽屋へ行って、母に代わって弟の世話をしていた私は、おじさんにせがんで、いっぺんだけ、その地球のたまにさわらせてもらった……。

これがアメリカ、これがロシア……ときかされてもよくわからなかったけれど――赤くて小さい芋虫みたいなところが日本ときいて、とても不思議だった。この中に東京があって、浅草があって、そこに私がいるのかしら――と、胸がドキドキした。

　後年、映画女優になってから、ひとりでプラネタリウムを見にいったときも、胸の中が熱くなった。〈人間なんて、まるでチリみたい……〉と泣きたくなったものだった。

　立花隆さんの労作『宇宙からの帰還』の一節「地球はこの宇宙において、あまりにローカルな場所……全宇宙には一千億の銀河系があり、我々の銀河系はその片隅にすぎない」という個所を読んで、溜息が出た。なにしろ、太陽はその銀河系を構成する一千億から二千億の恒星の一つ――そして地球はその太陽をめぐる九つの惑星の一つ、というのだから。

　およそ非科学的な私には、むずかしいことはわからないけれど――その地球から飛び出して、果てしない宇宙の一端に立った宇宙飛行士たちが、どんなことを感じただろうか……それが知りたくて、夢中で読み耽《ふけ》った。

ソ連のガガーリン氏は「天には神はいなかった。あたりを一所懸命ぐるぐる見まわしたが、やはり神は見当たらなかった」と言い、アメリカのアーウィン氏は「宇宙の聖域に入ったとき、私は手をさしのべて、神の顔にさわった」という詩を書いた、という。

特定の宗教をもたない私にとって、神さまはいるのか、いないのか——わからない。それにしても、こんな果てしない宇宙がどうして出来たのか——そして、この小さな地球に一瞬だけ浮かんでは消えるチリのような、そのくせデリケートな人間をこしらえたのは誰？

目まいがするほど奇異な経験をしたこの飛行士たちの中には、いまもうつ病が完治しない人がいる。神さまに仕えるようになった人、政治やビジネスの世界にその後の人生を託そうとした人など——それぞれに興味深い。

けれど、私が忘れられないのは、六年間に三回も宇宙へとんだキング氏の悲しみである。美しすぎるほど美しい地球が、見る度ごとに汚染され、いまや泣きたくなるほどシミがひどい、というのだもの……。

ワイツ氏は、宇宙から眺める地球は、見れば見るほどいとおしく、自分はそこの一員だ、という思いが強くこみあげて、どこの国の人間である、という意識はまったく浮かんでこなかったらしい。それなら――何十年かのち、もし、大勢の人間が宇宙旅行するようになったら……地球上の戦争はなくなるのではないか、と嬉しくなった。〈でも……それより一足先に一握りの人間の野望のために地球そのものがこわれてしまうのでは？〉と今日も私は机の横の地球儀をチラリと見ながら、余計な心配をしている――これは私の老婆心かしら……。

「身体でおぼえなけりゃ……相撲は身体でおぼえなけりゃあ勝てません」

大相撲のテレビ中継で解説の親方の、そういう言葉をきくたびに、私はうなずく。

その日の相手の取り口をよく研究して、こうきたら、こう——と作戦をたてることはたしかに大切だろうけれど、相手が思いがけない手口できたとき、パッと受けられるのは、稽古で鍛えあげた身体とカンに違いない。エエと……などと考えていたら、トタンに土俵に叩きつけられてしまうだろう。

私の踊りの師匠はいつも教えてくれた。

「うまくなりたかったら、よく踊りこんだ上で、すっかり忘れることだよ」

小さいとき、私に家事をしこんでくれた母の口癖はこうだった。

「毎日のことなのだから、自然にサッサと出来るようにしなけりゃ、手間ばっかりかかって、家中みんな、おなかすかせちゃうよ」

そうは言っても、ゆき当たりバッタリのやり方など、とんでもない。初めはゆっくり、丁寧に考えて……さて、これがいいとわかったら何度もくり返して、自分の身体を馴れさせる——この要領は相撲や踊りと同じらしい。

おかげで私は、水仕事も掃除も、永い間に身につけた自己流で手早くやれるから、たすかっている。たまに台所文化の進歩のおかげで、とまどうこともあるけれど……。

ついこの間、わが家の都市ガスが天然ガスに切りかえられた。ついでに十八年間使ったガス台を新品に取り替えてもらったが、これがまた、身体に馴れない。前のものは点火するのにマッチが必要だった。台の前に立ち、右手でお鍋をかけると同時に左手で左側の棚の上のマッチ箱をとり、右手でそのマッチ棒をスル間に左手で前のつまみをひねり、素早く点火する——という順序だった。ところが、新しいガス台は、お鍋をかけた手でつまみをひねれば、それだけでチャンと炎がもえあがる。その度ごとに、左の棚のマッチ箱の方へのばした私の左手は宙に迷って……やがてオズオズと引っこめる——その味気なさ。

〈ま、文化生活にも馴れなけりゃね〉

そう言って笑ってはいるものの——ほんとのところ、私の心の隅の方には、

〈大丈夫かしら……齢《とし》だから〉

という不安がある。ガスの点火ぐらいは何のこともないけれど——馴れきったはずの手仕事を、このごろ、たびたびやりそこなうのは一体、どういうことかしら。

今朝も、食事のあと、向かい側の夫の方へ湯呑みを出し、その手を引こうとして手前の自分の茶碗にふれ、折角のおいしいお茶をそっくりこぼしてしまった。この間は研《と》いだ庖丁を引き出しにしまおうとして指を切り、その翌日は立とうとして机につまずき尻餅をついて……どれもこれも、手元、足元

が自分の感覚より一センチほど狂うせいである。もともと、いいとは言えない運動神経だけれど齢とともに、いっそう鈍くなるらしい。

〈今まで一所懸命、身体を馴らしたのに〉

いいえ……愚図愚図言わずに気をつけよう。馴れたことにも齢の分だけ注意すること。手足も身体もなるべくこまめに動かして、とどこおり勝ちな血のめぐりをよくするようにしなければ……。

今夜も寝る前に運動しよう。狭いわが家の座敷や廊下をとにかくグルグル回りましょ。

〈ぐちる阿呆に泣く阿呆——同じ生きるなら、笑って暮らそ……〉

ありがたや

私の一日は朝ぶろにはいることから始まる。生まれつきの低血圧で寝起きが悪く、ちょっと熱めのお湯につかっていると、やっと目がさめる。血のめぐりがよくなるせいで、その日のテレビの台詞《せりふ》から晩ご飯の献立、さては通いの家政婦さんに頼む買い物メモまで次々に浮かんでくるから、朝湯のひとときはありがたい。

それでも、時折、小原庄助さんの唄をふと思い出す。私は朝寝の方ではないし、お酒は一滴ものめない。つぶすほどの身上もないからいいけれど、怠けものの代表のような庄助さんと同じように朝湯にはいっていることが、今《こん》日《にち》さまに申し訳なくて気がひけるのである。そして〈こんなぜいたくをさせてもらっていいのかしら〉と心の中で、だれにともなくあやまったあと、またしても〈ありがたや、ありがたや〉とつぶやく。これは以前、わが家で働いてくれた家政婦Mさんの口癖の影響である。

ご主人が亡くなったあと、勤めていた清掃会社を退職してわが家へ来たのは、たしか十五年ほど前。それから五年間、小柄な身体をまめに動かしてせっせと働いてくれた。東北の小さな村の小学校を出ると、すぐ上京して家事労働をしていたせいか、毎日の台所仕事は行き届いて気持ちがよかった。しかもうれしかったのは、何かにつけても、の喜びする、心のしなやかさだった。私より五歳上だったから、力仕事などしないですむように気をつけたが、そのたびごとに、

「ありがとうございます、気をつかっていただいて……」

と繰り返した。ポッと赤みのさした両頬をほころばして言う、その言葉の真実味が、こちらへ温かく伝わってきたものだった。

Mさんの生涯がどんなものだったか、私はくわしく聞いたことはなかった

が、カナダ在住の邦人漁民のもとへ、写真花嫁として嫁いだことは、ある日ふと話してくれた。苦労を重ねたあげく、夫と死別。三人の子を連れて帰国したが——その後、めぐりあった再婚の相手にも先立たれてしまった、という。

「いい人でね、とてもやさしくしてくれたから……しあわせでした」

番茶をすりながら、昔を思い出して微笑んでいたMさんの表情には、今の暮らしに満足している老女のおだやかさがあった。

その後添いの人との間に生まれた子供は生来虚弱で、いつまでたってもひとり立ち出来ないらしい。それでも「私だけこんな苦労を……」と愚痴ひとつこぼさないところは、しっかり者の感じがしたが——格別、歯を食いしばって耐えている、という悲壮感はなかった。ときにはこちらが慰められるような、あのやわらかさは一体どこからきたものかしら。この人は、福分——もって生まれた自分の好運の量を見さだめて、素直に生きてきたのだろう、と思う。

心臓発作を起こしてわが家をやめてから三年間……亡くなるまで、仕立てものなど届けに来てくれたが、その間、ただの一度も甘ったれたこともなく、たまに好物のお惣菜などおすそ分けしたりすると、

「まあまあ、ありがとうございます……」

と心底うれしそうに喜んでくれた。

Mさんは、生来足りることを知った、しあわせな人だった。

〈サ、これで今日も元気で働ける〉私は口の中で〈ありがたや、ありがたや〉とつぶやきながら、今朝もゆっくり、浴室を出た。

恥を知る

「……住みはてぬ世に、醜きすがたを待ちえて何かはせん。命長ければ恥おほし。長くとも四十路にたらぬほどにて死なんこそ、めやすかるべけれ……」

『徒然草』のこの章をはじめて読んだのは、たしか十五――なんとなく感傷的な年ごろだった。〈ほんとにそうね、私は三十すぎたら死にたい……〉などと、夜更けてひとり冷たい床の中で涙ぐんだりしたのをおぼえている。

そして、いま――久しぶりでそのくだりを読み返している私は……もう七十の半ばになろうとしている。

〈しかたがないわ、世の中が変わったのだもの〉そのころと違って、現代は栄養もかなり行き届いているし、冷暖房も普及している。進歩した医術、あふれる新薬のおかげで、この国は世界有数の長寿国になったのだから……。

しかし——長生きしすぎた人たちへの兼好法師の戒めだけは、忘れてはいない。

「……そのほど過ぎぬれば……ひたすら世を貪る心のみ深く、物のあはれも知らずなり行くなんあさましき」

俗に言う死に欲である。いい齢《とし》をして、ひたすら権力やお金にしがみつく人は、いつの世にも絶えない。長生きはしたいけれど、あんな恥はかきたくない——とため息が出る。

むかし、浅草の親たちは「みっともないことだけはするな」と口癖のように子供に言った。例えば、お金が欲しいために嘘をつくな、とか、自分がいい子になるために友達を裏切るな——など、ごく当たり前のことのようで、実はなかなか守りにくいことが多かった。人間には、つい、そんなことをしてしまう弱さがある、ということを、あの大人たちは経験で知っていたのだろう。そういうしつけは相当きびしかった。

玄関の壁をなおしにきた親方が、若い衆を青筋立てて怒鳴りつけるのを、小娘の私はびっくりして見ていたことがある。

「手前みたいな奴は豆腐の角にあたま打っつけて死んじまえ」

下町では、ごく簡単に出来るようなことを失敗すると、先輩たちにこう言ってののしられた。そのときションボリしていた若いもんは、自分の手落ちを、弟分のせいにしたのがばれたらしかった。

「恥を知れ、恥を……」

怒っている親方の顔は、いかにも情けなそうに見えた。

働きもののその人たちは、老醜や貧乏を、格別、恥とは思っていなかった。一所懸命やったけれど、こうなったのだから仕方がない、と割り切っていたのだろう。そんなことより、みっともないのは心の行儀の悪さだ、と固く信じこんでいたようである。

近ごろ、社会の進化につれて、恥の中身が違ってきたのだろうか。私など、ときどきとまどってしまう。早い話が——人間同士、差をつけるなど、とんでもない恥さらし、と思っているのに、立派な奥さまが、「うちのボクちゃん、やっとほかの子と差をつけることが出来ましたのよ」などと誇らしげなのは——どういうことなのかしら。〈大体、偏差値なんてものがおかしいのよ〉と、自分は子も孫もない癖に文句を言う私も——すこしおかしいけれど……。

それにしてもこの節は、心の行儀の悪い人が多すぎると思いませんか？〈恥を知らない人は何でも出来るのね〉などと、ついまた余計なことを口走って……反省しています。

好奇心

私は生まれつき、知りたがり屋だった。めずらしいことを見たり聞いたりすると、すぐ、

「これはどういうことなの? なぜ、そうなったの? これからどうなるの?」

と、何でも知りたくてたまらなかった。

もし、それがそのまま学問上の知的好奇心というようなものにまで発展したら、もうすこし精神的に成長したかも知れないが、残念なことに私は単純な下町女だった。むやみに他人の家をのぞきこんだり、当人がいやがることをしゃべり歩くような卑しいことは決してしなかったが――興味のあること

について は、自分なりに一所懸命考えたあげく――〈なるほど〉と、ひとり感心したり、〈よかったわねえ〉とひそかに喜んだり、ときには〈かわいそうに〉と、そっと涙をぬぐったりして……それで、おしまい。むかし流に言えば「ミーちゃんハーちゃん」が、そのまま齢をとった今の私はさしずめ「ミー婆あハー婆あ」というところだろう。

ほんとうは、この齢になっても好奇心を失わないでいる今の自分の下町気質を、ひそかにいとおしんでいるフシがある。老いとともに世情風俗などに興味が持てなくなったら、この先、ボンヤリと背をまるめ、砂を嚙むような味気ない毎日を送るだけだろうから……。

新しいことを知るのは楽しい。いつだったかテレビで「花の結婚」というドキュメンタリーを見たときは……胸がドキドキするほど興奮した。花たちは、いい種を残すために、ほかの花の花粉を体につけた虫たちをなんとかして自分の花心に誘いこもうと努力する――自然というのはなんと神秘なものだろう……見終わってしばらくは夢の国へ誘われたようにボンヤリしていた。

生活の周りにある生臭い人間喜劇を知るのもけっこう面白い。新聞や雑誌など読みくらべたりしていると、こっちの血のめぐりまでよくなるような気がしてくる。

いままで、まるで馴染めなかったことも手ほどきをうけてみると興趣がわく。

私は十年ほど前まで、野球のルールをほとんど知らなかった。茶の間で家人とつきあっているうちにだんだん試合のかけひきまで覚えてきて、このごろではひいきの選手のファインプレーに思わず手をたたいたりする。将棋についても同じこと。この駒はどう動けるか――ということを教わっただけだが、けっこういろいろ想像出来る。たまたまテレビの勝負を見ながら〈次はコレ〉と思った一手が、名人棋士と偶然同じだったりすると、鬼の首でもとったように奇声をあげたりして、さすがに少々気恥ずかしいが、おかげでわが家の茶の間は明るい。

長年、馴染みの棟梁は今年九十四になる祖母と住んでいる。このごろはほとんど寝たきりの毎日だが、ぼけそうもないと話していた。

「なんたって家が狭いから、皆の集まる茶の間と唐紙《からかみ》一枚のところに寝ているんだし、こっちの話は筒抜けですよ。出入りの職人たちも遠慮がなくて、この間もだれかが——ばあちゃん、まだ生きてるかい——と声をかけたら——ああ、ここにいると面白い世間話がきけるから、当分死なないよ……だってさ」

このおばあちゃんも、どうやら好奇心のおかげで若返っているらしい。私もこんな明るいおばあちゃんになりたい……何でも知って……。

だが——さすがに性能が複雑でテンポの速い、あのコンピューターシステムだけには、口惜しいけれど今のところ、ツメもかけられそうにない。

初体験

昔、小娘のころ、チャキチャキの江戸っ子だった大伯母にひどく叱られたことがある。

「おふざけでないよ、こっちはそれくらいのことは先刻ご承知さ、だてにお飾りの下をくぐっちゃいないんだから――」

老女の啖呵《たんか》である。お飾り――は正月飾りのこと。つまり、経験ゆたかな年寄りをバカにするな、と私をたしなめたのだった。どんな小生意気なことを言ったのか忘れたが、とにかくその歯切れのよさに圧倒されて、以来老人の前では知ったかぶりをすまい、と娘心に誓ったことをおぼえている。

それから、かれこれ六十年――そのときの大伯母の齢になった私は、ときには仕事場で〈こんなとき、あんな啖呵がきれたらさぞ胸がすくだろう〉そう思うこともしばしばだが、今どきの若い人は多分ケロリとしているに違いないから……結局、小声でブツブツ愚痴を言うのが関の山になってしまう。

それに、このごろ〈私の経験なんて、たいしたことはない〉とつくづく考える。なにしろ何十億年という地球の上でホンの一瞬生きるだけだし、哲学、科学、芸術など、むずかしいことにはまるきり縁のない私のたかだか七十年の経験で知っていることと言えば、庶民の暮らしかた——例えば、浴衣の縫いかた、お新香の漬けかた、人づきあいを上手にする法、税金を払った残りのお金でなんとか暮らす法——など、ほんの一握りのことでしかない。

この間、夫が入院して手術をする羽目になった。病気はヘルニアだから心配ない、手術の時間は三十分、と主治医に励まされて決心はしたものの、夫も私も入院の経験がない。柳に雪折れなし、の身体でこの齢まで何とか持ちこたえてきただけに、当日、真っ白な部屋の硬いベッドに横たわったトタンに夫の血圧はピンとはねあがる始末だった。緊張の結果らしい。

「どうも……なにしろ、万事、初体験だものですから……」

きまりわるそうな夫の言葉がおかしい、と先生も看護婦さんも吹き出したけれど——当人の瞼の裏には、テレビドラマの大手術シーンがハッキリ浮かんでいたと思う。付き添った私の脈拍もむやみに早くなった。

手術はどうやら無事にすんだものの、その後の半月ほどの入院生活はなにやかやとまどうことばかり……。宵っぱりの朝寝坊という長年の生活習慣のリズムが、病院の規則正しい生活ですっかり狂わされ、病室に持ちこんだ分厚い十数冊の本はそっくり手もふれず、私もトンマなことばかり——手術をした夜、ベッドにぐったりして水も飲めない患者の足もとで、体力回復のためにセッセとこしらえてきたスキヤキ弁当を抱えて呆然としていた姿など、とんだ喜劇の一コマだった。年甲斐もない、と他人のことは言うけれど——私たちはほんとに何にも知らないね、とやっと退院した夫と顔見合わせて首をすくめた。

そう言えば、人間が老いることも、初体験である。若いとき、知り合いの老人が畳のヘリにつまずいて足の骨を折ったと聞いて、なんてそそっかしい、と驚いたけれど、この間、自分がスリッパを脱ぎそこねて敷居につまずき……なるほど、老化というのはこういうことか……とやっとわかった。

こうして、一つずつ自分の老いを知り、やがて——死という人生最後の初体験をむかえることになるのだけれど……いまのところ、それに対してなんのてだても、思い浮かばない。

「あせっちゃウー」

いつだったか——テレビドラマに、適齢期ギリギリのお嬢さんが、とにかく早く結婚しなければ……と、いろんな話にとびついてみるものの、結局いつもどたん場で逃げ出してしまう、というしゃれた喜劇があった。タイトルバックも凝っていた。大ぜいの花嫁に囲まれて右往左往したあげく、深い溜息をつきながら、

「あせっちゃウー」

若い女優さんの花のような唇から思わずもれる、その一言……語尾をながくのばした言いまわしは、甘く哀しい娘ごころをうまく表現していて、観るものの心をくすぐった。わが家でもひとしきり、何かというと、その口真似

をして楽しんだものだった。

この間、やっと暇をみつけて書斎の整理をした。買った本、贈っていただいた本、いろんな雑誌が重なりあって、足の踏み場もないような乱雑さである。

〈早く読みたい……読まなければ……〉

そう思いながらパラパラとページをめくっただけのものが、そこにもここにも……。まわりの棚には全集ものが何年も前から並んでいる。老後にゆっくり読むはずだったのに――その老後になった現在、雑用に追われて片時のヒマもない。こんな調子では、一生、積んどくということにもなりかねない。

〈あせっちゃウー〉

溜息と一緒に、しばらく忘れていた、あのドラマのセリフが、思わず口をついて出た。

あせる――たしかにこのごろ、なにかにせき立てられているような、落ちつきのない日が続く。若い娘さんと違って、老女のあせりはちょっと深刻である。何しろ終着駅はついもうそこに見えているのに、やりたいことがむやみに多い。

この間、テレビの教養番組で初心者向きの絵の描き方を教えていた。真っ白な画布の素描から、赤や黄のバラがみるみるうちに描き上がってゆく。

〈素敵……私ももっと絵を習っておけばよかった。昔、図画の先生に賞められたのに〉

などと、六十年も前のことを突然憶《おも》い出して、慌てて日本画の巨匠たちの画集を引っ張り出し、根気よく一時間あまり眺めたあげく、

〈……今からじゃ――とてもだめね〉

と、がっくり。

字の拙《つたな》さは生まれつき手筋が悪いのだから……とあきらめてはいるけれど、自分の書いた年賀状の一枚が、宛先不明で戻ってきたりすると、そのあまりの稚拙さに今更ながらあきれてしまう。役者稼業の悲しさ……目の前に色紙短冊などを出されるときの辛いこと――冷や汗が出る。七十半ばの手習いも、

やる気は充分あるのだけれど——何と言っても、もう時間がなくて……。

それにしても、齢をとると何故こんなにあせるのだろうか。どっちみち、何十億年の地球の片隅でホンの一瞬生きるだけだし、今更何を習っても、どうなるものでもないことはわかっているくせに……。

たぶん、誰しも心の底に、

〈私の人生はこんなものでいいのだろうか？　これでおしまいなのだろうか？〉

そんな悔いや悩みがあるからかしら……。

今夜も私はＮＨＫの名曲アルバムにきき惚れながら……この美しい音色をききわける感性の未熟さを考えさせられた。そしてまたしても〈あせっちゃウー〉というセリフが——頭をかすめた。

ツァーのひとり旅

「行くなら今のうちですよ。ぐずぐずしていると、足腰が立たなくなっちゃうからね」

ちょっとでも余裕が出来ると、何はともあれ、外国旅行を楽しんでいる友人が、来るたびに私たち夫婦を煽る。

「そうだなァ……思い切って行くか……」

夫はその都度目を輝かし、私も傍から、

「行きましょ、行きましょ……来年」

その来年が曲者である。いつまでたっても来年で——ちっとも、今年にならない。

テレビや雑誌で素敵な風景を見るたびに〈あ、こんなところへ行ってみたい〉と、本当に思う。それなのに、何故おみこしがあがらないのかしら。同じ齢で上手に旅をしている人たちがまわりにいっぱいいるのに……。

女学校の同級生――私の仲間のTさんは、この七、八年の間に、ヨーロッパからシンガポール、印度、ジャワ、韓国、台湾など、気にいったツァーを選んでは、たっぷり楽しんでいる。若いときご主人に先立たれ、一人っ子を抱えてずっとタイプを打ちつづけてきた人――その愛息が結婚してからは、自分で自分をうまくあやして、いつも大きな声で明るく笑って生きている未亡人。

「外国へ行くと気が晴れるのよ、いかにもぜいたくしたみたいで――思い出しても満ち足りた気分でね。現実のつまらないことにグズグズ言う気にならないからいいのよ」

妹さんと同行出来なければ、そのときどきのお連れから気の合う人を見つければよし、いやな人は横目で見るだけで近よらず、見物したくない場所はバスの中で眠っているから、格別不愉快な思いもしない。お金はいるけれど、たいしたお土産は買わないから、ふだん倹約しておけば、まあ何とかなるものよ、と、とにかくサバサバしている。

同じ仲間のKさんはほとんど国内旅行ばかり——他人の号令で動くのは真っ平ごめん、という訳で、ふだんから仲のいい人たちと相談しては——秋のみちのく、初夏の北海道、ときには九州四国へ脚を延ばし「去年の外房州、勝浦のお魚はおいしかった」などと目を細めている。いつも一緒だった優しいご主人が亡くなってからは、友人たちが情報をもってきてくれる。今年はあすこの桜が見事だ、とか、ここの紅葉は去年より遅れるらしい、などと皆で肩をよせあって、行く先を決める。この人も生っ粋の江戸っ子で、ズバズバものを言うけれど、とても暖かくて誠実だから、いつも、まわりに大ぜいの人が集まっている。

もう一人同窓生のSさんは、好きな新聞の旅行案内を隅から隅まで読んでいる。あれこれ研究したあげく、その社の企画が一番自分の好みに合ったから、という。豪華すぎもしないし、団体旅行の騒々しさもない。一泊か二泊——ホテルの二人部屋を用意してくれるのも従妹とゆくのに都合がいいし、食事も年配者向き——いわば旧婚旅行スタイルだから。成程、物静かな彼女にとってピッタリだろう。

それぞれの旅を違った方法で楽しんでいるこの人たちに、共通している点はなにかしら——と考えてみた。まず、そのときどきの身体の工合、財布の中身をよく見定めて、無理をしないこと。見栄や義理は一切なしで、自分の好みに合う行く先をゆっくり探すこと。

「ただし、一度決めたら思い切りよく出かけること——心配してたらきりがないわ」

そうよ、そうよと三人が口を揃えた。

〈成程ね、じゃ私たちも来年——いいえ思い切って今年こそ……〉さて、ほんとかしら……。

ホンネとたてまえ

日曜日のあさ、なにげなく読んだ新聞の読者投稿「くらしの中の、本音、ほんね、ホンネ」の一つにおもしろいのがあった。

筆者は東北の五十九歳の奥さん。久しぶりに上京して、早速、「懐かしさに胸弾《はず》ませながら」旧友二人に電話をかけて到着を知らせた。ふだん、手紙や長距離電話のたびに「上京したら是非いらっしゃい」と言ってくれていたし、こちらも土地の果物などを贈ったりする仲だった、という。

ところが――親友の筈のその人たちは、電話の向こうで「かぜをひいて……」とか「ひざが痛くて……」と言葉をにごすだけ――とうとう滞在中、どちらにも逢えなかったらしい。

「よくもあんな心にもないお世辞を……」

と怒ってみても侘しさは一向に消えない、という嘆き——よくある話だけれど、何とも味気なく、そのくせ……おかしい。

見栄っぱりの嘘を信じた自分にも腹が立つ——という彼女の気持ちはわかるけれど、でも、まあ許してあげて、と私は言いたい。東京へ来たら是非、という言葉がまるっきり嘘ではなかった、と思いたいし、相手にもそれなりの理由があるかも知れないから……。どこの家庭にもそれぞれの暮らしのリズムがあって、家事雑用をとりしきっていれば、身軽に出かけられない事情もある。この年ごろの女性にはとかくそんな壁が多い。

それなら、心にもない社交辞令など、やめたらいい、ということになるが——人間同士のつきあいには、タテ前というものがある。例えば誰しも、移転通知には「お近くへお出での節は是非お立ち寄り下さい」と印刷する。そしてその知らせを、それほど親しくない人にまで出してしまう——とつぜん訪ねてこられたら、たぶん、困ってしまうだろうに……。

私は生来単純で、つい、ものをハッキリ言いすぎる癖がある。以前、長い映画の仕事がやっと終わった日、主役の女優さんに「これをご縁にふだんもつきあいましょうよ」と声をかけられ、返事の言葉をにごしてしまったことがある。なんとなく、つき合いにくい人だったから……。でも、そのあと慌てて、「家の雑用が忙しいのでね」とニッコリ笑って別れた。幸い、相手も気を悪くした様子はなかったけれど――しばらくあと味が悪かった。以後、齢とともにたとえそれが本音でも、人を傷つけるようなことはなるべく口にしないように心がけている――分別というものだろう。

人間は本来みんな、寂しがりやではないかしら。どこから生まれて、どこへ消えるのか――サッパリわからないのだし、せめて縁あって知り合った人とは仲よくしたいと願っている。そのくせ――やっとめぐり逢って固く結ばれた仲間同士でも、ときにはちょっと距離をおいて風を通さないと、蒸れてきてお互いに息苦しくなる。これは一体何故だろう。

父の日の新聞漫画「アサッテ君」はとても面白かった。愛妻や子供からのプレゼント「肩たたき券」にも「テレビチャンネル権」にも浮かない顔の主人公が「一日蒸発許可証」を貰ったトタン「バンザイ」と叫んで、嬉しそうにとび出してゆく。このオチがおかしかった。私も真似して、年に一度くらい、夫にこの許可証を渡そうかしら……でも、向こうも近ごろはやたら出不精になっているし、もしかすると、

「あんたの方がこれを使ってくれないかなあ……ボクは家にいるから……」

そう言うかも知れない。タテ前とか本音とか言うのも、案外、ケジメがつきにくい。

「いまは末世なり」

私が座敷で、灰皿や湯呑みをお盆にのせてユックリ立ち上がったとき——ちょうど、夫が縁側で、大きな菊の鉢を抱えて立ち上がったらしい。

「ヨイショ」

「ドッコイショ」

老夫婦のそれぞれの掛け声が、まるで民謡の合いの手のようにうまくイキが合って……思わず顔見合わせて吹き出してしまった。

ほんとにこのごろ、二人ともこれが口癖になったみたい……ことに腰痛持ちの私は、一日に何回となく、この色気のない声を出す。ひとさまの前で、スッと気取って立ち上がるときも、頭の中でこっそりこの掛け声をかけている。

三省堂『国語辞典』によれば「ドッコイショ」の意の一つに「拍子をとり、また勢をつけるために出す声」とあるし、「ヨイショ」には「おだてること。おせじ」ともある。

老女の身体は日ましにデリケートになってくる。いきなり不用意に立ったりすると、ギックリ腰の憂き目を見るかも知れないし、永い間じっと座っていると、なんとなく身体中の血が固まってしまって、もう動けないような気がしてくる。だから、つい、〈まだ大丈夫、かっこよく立ち上がれますよ……ヨイショ〉と自分をおだて、〈さ、元気を出しましょ――ドッコイショ〉とはずみをつけたくなってくる。

齢をとると、身体だけでなく、気持ちの方も、何とかうまく転換しないと、ときには、〈生きているのも、かなり面倒なことね〉などと、落ちこむから、困ってしまう。

私の場合、生まれも育ちも、才能、容姿もごく普通――つまり、なみの人間だから、格別人生についてのむずかしい悩みがあるわけではなかった。それでも、永い間にいろんな経験を重ねてくると、いつの間にか自分なりの暮らし方が身について、〈残りの人生はなるべく、このまま過ごしたい〉〈どうしても、いやなことはするまい〉〈そういうことは見聞きするのも堪忍して貰いたい〉などと、つい頑《かたく》なになってしまう。

しかし、世の中の方は日ごとに移りかわり、いまはもう、私などついてゆけないほど、その速度が早い。むずかしいことは別として、ふだんの暮らしのこの変わりようは、一体、どういうことかしら……。

一時間三千円の料金で、何でもしてくれる便利屋さんに、お風呂の掃除を頼んだ奥さんが、その間、テレビの前に座りきりだった、とか——中学生が、小田原の五百円の弁当を買ってきてくれ、とこの人に、往復の足代と一時間につき三千円の料金、しめて大枚《たいまい》一万四千円の費用を平気で払い、その子の母親も傍で「この子が食べたがっているから……」と笑っていたという話などきくと、庶民の私は呆《あき》れるばかり……。無理して建てたマイホームの借金に追われ、まだ月賦の残っているマイカーの中で一家心中した、などの痛ましい事件にも、ひどく驚かなくなってしまったそのことが我ながら悲しい。こうなると、ヨイショと囁いても、ドッコイショと叫んでも——どうも元気が出てこない。

〈ほんとにいやな世の中ね、世も末、というわけかしら〉ブツブツ言っているうちに、ふと気がついた。そう言えば昔の物語の中にもよく「いまは末世なり」という言葉が出てきた。そうすると、一体、何時が、本当の末世なのだろうか？　考えて……ゾッとした。

〈やっぱり、いまかも知れない。核戦争が始まって、地球がこわれてしまったら——ほんとうに——末世になる……〉ア、どうぞ、そんなことに、なりませんように……。

平和願望

夕飯のあと片づけをすまして……さて、と茶の間のテレビをつけると、パッと鈴木教授の陽気な顔があらわれた——私は思わず、家人と顔を見合わせた。

〈……また、面白ゼミナール？　冗談じゃないわ、もう一週間たったのかしら……〉

お互いに、そんな感じである。このごひいき番組は、ついこの間見たばかりのような気がしているのに——速い。速すぎる。なんだか時間が駆け足をしているみたい。そしてそのスピードは私たちが齢《よわい》を重ねるたびに速くなり、この一年は瞬く間だった。ウロウロしているうちに、大みそかは、ついそこに来ている。

なんとも気ぜわしない老後である。還暦を過ぎたら、のんびりと優雅な日々を送るつもりだったのに——世の中というものは、なかなか思うようにはゆかない。

〈これでいいのかも知れない……〉そうも思う。朝の目覚めがすこしずつ早くなってきたこのごろだけれど——いそぐ用事がなければ、つい起きる気がしない日もある。

〈なんということもない一生だったけれど、とにかく一所懸命やってきたのだから〉

今朝も床の中でうつらうつらと考えていた。人間は何のために生きているのか？　どう生きたらいいのか——と小娘のころずいぶん悩んだけれど、結局むずかしい事はわからなかった。そのあげく、あきらめて足元にあった細い道をただ黙って歩くことにした。だれも気がつかないようなその小路をそっと、自分の好きなように歩くのは、結構楽しかった。たぶん、芝居ものの家に生まれた女の子——生まれついてのわき役の私に似合っていたのだろう。この間、街で拾った個人タクシーの運転手さんは薄い白髪の優しそうな人だった。

「いやあ、今日はついていますよ、沢村さんのような人に乗っていただいて……」

ニッコリされて、こちらもうれしかった。

「私は若いとき映画が好きでね。沢村さんのもよく見ましたよ、なにしろあなたは古いから、ずいぶんいろいろ出たでしょうね」

私はあいまいに笑った。かけもちの多いわき役だから、おぼえているものはすくない。

「そうそう、大河内伝次郎の妾《めかけ》をやっていましたね、国定忠次かな、それからホラ鎖ガマを振りまわして……何だっけ」

「ああ、あれは千恵蔵さんの宮本武蔵」

あの鎖ガマはむずかしかった……それよりあのころはどうも撮影所生活に

なじめなくて困っていたっけ――ふとそんなことを思い出していると、運転手さんが何か言った。

「エ？　なんですか……」

「いえ、全盛期ですよ、沢村さんの全盛期はいつごろでしたっけねえ」

一瞬、私は絶句した。〈私の全盛期？〉考えてみると、私にはそんなまぶしいような時期はほんとになかった。なにしろ、五十年の間、いつも花のうしろから、ソッと枝葉をのぞかせるばかりだったから……。

運転手さんも、うっかり口をすべらしたことにすぐ気がついたらしく、しばらく、あとの言葉に迷っているようだった。

私は、降りしなに、

「ま、お互いに長生きしましょうよ、ね」

と言って、チップをすこしはずんだ。

来年もこうして平和に暮らしたい――そう、平和だけはどうしても欲しい。どうぞ、おだやかな年でありますように。

II

対談　ほんの一滴の愛情で

遠藤周作
沢村貞子

沢村　きょうは老女と中年の対談ですか。

遠藤　いや、少年と熟女といってほしいな（笑い）。ぼくはまだ若輩で、老後とは思っておらなかったんだけど、どういうわけか老人代表ということにされてしまって……。

沢村　こっちは、もう七十六歳ですから。

遠藤　しかし、お若いですねぇ。

沢村　私は、わりと自分の齢《とし》をはっきりいうんです。齢をいって、それにしちゃ若い、といわれたほうがましだと思いましてね。ある方が「そんなに齢をいうと、損ですよ」といってくれましたが、それじゃ、いわないで得するかといえば、それもないし。いまさら男の人にねぇ、もう、そういうこともありませんでしょ。

遠藤　それは……。わかりませんけど（笑い）。

沢村　それにオッチョコチョイなもんですから、体が丈夫でないくせに、「いいわよ」とすぐ仕事を引き受けて、いざやってみるとだめだなと思うんです。相手も私が景気がいいものですから、これくらいできるんじゃないか、と思っちゃうんですね。齢をいうのは、その予防のため。

美しく齢をとるなんて絶対にうそです

遠藤　いまは、七十代が昔の五十代という感じですね。

沢村　女には更年期があるでしょう。でも私は、そのころとっても稼がなくちゃいけなくて、忙しくてノー・サンキューにしてもらったんです。齢をとると、どこかガタがくるのは当たり前だから、気にするのはよしましょうと思ったんです。そしたら、なんともなりませんでした。でも、六十五歳をすぎたらくたびれましたね。

遠藤　男の場合は、五十五歳から体に変調をきたしますね。最初におかしくなるのが、記憶力。ボケる兆候は、同じ話を何回もするとか、くだらないことで怒るとか、五つくらいあるそうですが、私はみんなあてはまる。

沢村　そうですか。とてもお若いですよ。

遠藤　いや、いや、自分でもハッとします。子どもにビフテキの大きいのをやったといって怒る（笑い）。明日になれば、この対談もすっかり忘れとるんじゃあないでしょうか（笑い）。

沢村　齢をとることは、不便ですよね。

遠藤　眼鏡も二ついるし、夜中もトイレに行くようになるし。

沢村　美しく齢をとるというのは、絶対にうそだと思います。美しいわけがないんです。筋肉はガタガタ、目は遠くなるし……。

遠藤　ほんとです。「美しい熟年」とかいって、上原謙さんと高峰三枝子さんのポスターがありますが、「チェッ、うそつけ」と心の中では思っている。そんなことといったって、白髪染めほどの役にも立たん。齢をとることは悲しく、辛いものだ。ごまかされてなるものか。ぼくの知っている男で、バーでお手洗いに行っては「どうだ、おれのお手洗いの時間は短いだろう」といばっているのがいる（笑い）。

沢村　ただ、みなさんに老醜を見せては悪いでしょう。自分の顔は見えないけど、相手は見えるから。取り換えるわけにもいかないし、まあ、見苦しくない程度に始末をしておりますが。

遠藤　不快感を与えないといっても仕方がないし、最近は、ある程度のご迷惑をかけてもいいんじゃないかという気持ちになりました。

沢村　私もそうです。居直らなきゃね。朝起きたら、ともかく髪を上げるとか、いろいろ気をつけます。それでもみっともなかったら、一所懸命やったんだからごめんなさい、という感じなんです。

「おれの人生は」と言い始めたら老人だ

遠藤　ぼくは、人生に結論を与えようという気持ちになってきたら、その人は老人だと思うとるんです。おれの人生はこうだった、というい方をし始めるとね。死支度というのは、自分の人生に意味を与えようとすることですから。

沢村　これでよかったのかな、と思ったりね。これでいいも悪いもないけれども。

遠藤　いまの老人対策は、若い人が同情してあげる、いたわってあげるというやり方でしょう。私は、これは非常に偽善的なもので長続きしない、いちばんいいのはギブ・アンド・テークであると思ってるんです。

人生六十年も生きていれば、だれでも一つくらいは他人や社会にギブできるものを持っている。オイモの煮っころがしにかけては、若い娘より上手なおばあちゃんがいる。そういう老人の知恵を社会が利用するような形にもっていったほうがいい。ギブする、ギブされるだけの関係ではいけないと、以前からしゃべっているんです。
沢村　けっこうですね。ぜひ、どんどんしゃべって下さい。
遠藤　家族にだけ話しているから、社会的影響力はないけど（笑い）。おれは社会の役に立っていないと思った瞬間から、男はボケる。ボケさせたくなかったら、孤独にさせないことですよ。女性は、ちょっと違うかもしれないけど。
沢村　いえ、女性はもっとその思いは強いかもしれません。狭い家の中で、もう自分はこの家の役には立っていない人間だと思うと、いくらきれいな部屋に住まわせてもらって、テレビだ、ラジオだ、暖房器具だと世話されても、とてもさびしくなるんです。
遠藤　近所のお年寄りの方ですが、ぼくがバラのことを聞いたら、すぐとんできて、バラの世話をしてくださったんです。
沢村　うれしかったんでしょうねぇ。
遠藤　こっちもうれしい。それに、最近、碁を始めたんですが、退職された方にお願いしたら、ていねいに教えて下さった。こっちも結局得するでしょう。

沢村　私の母は、長いこと私と一緒にいたんですが、弟が家をもったので向こうへ行ったんです。一軒に二人の主婦はいらないから、することがない。かわいそうでしたね。「お母さん、これちょっとお願い」といわれたほうがいいんですよ、お年寄りは。

遠藤　自分がやがてそうなったときには、そういってもらいたいな。

沢村　よく老人ホームに踊りを見せにいったりしますけど、それよりも老人の踊りをみてあげたほうがいいですね。

遠藤　私は樹座《きざ》という素人劇団をもっていますが、七十五歳のおばあさんも二十代の娘さんといっしょにラインダンスをするんですよ。足はちょっとしか上がらんけど（笑い）。とてもお喜びで、毎日いそいそとけいこ場にいらっしゃいます。

沢村　写真で拝見したことがありますわ。

遠藤　足を長く見せようと、レオタードを一所懸命引き上げて、とってもほほえましい。息子さんはお母さんの踊りをみて、「もうこれで終わりにしてくれんか」とおっしゃっていたけど（笑い）。
沢村　お年寄りは、自分で踊りたいし、見てもらいたいんですよ。踊るほうも楽しいし、見るほうも楽しい。
遠藤　肉親は別ですがね（笑い）。
沢村　ただ、お年寄りの方もどうだ、という気持ちではだめなんです。どうだ、というんじゃなくて、私はこんなになったんだけど、ご迷惑をかけない程度にやってます、と。でも、下町の女は、足るを知って高望みはしませんから、食べるだけのこと、住むだけのことができれば、とりたててしたいことはなくなりますね。
私は、たとえば口紅を買うときでも、自分でいいなと思ったものよりもちょっと地味なのを買うんです。白粉でも、いいなと思うものよりちょっと地味なもの、というふうに。

遠藤　しかし、齢をとったら派手なものにしろといいますけど、それとは逆なんですか。

沢村　私はそうなんです。たとえば、いま帯に赤い玉をつけてますけど、こんなふうにチラッと、それで我慢するんです。着物も、いいなと思ったものより、ちょっと地味なものに。そうでないと合わないんです。

『宇宙からの帰還』を夢中になって読みました

遠藤　きょうお召しになっている着物は、とても合って素敵ですが、それもワンポイント抑えられた感じですか。

沢村　少し派手だったと思ってます。ほしいな、と思った着物が買えなくて、翌年になって手にしてみると、合いません。むしろ老醜を際立たせちゃうんです。顔が負けちゃうわけ。

遠藤　なるほど、もっとも、宇野千代さんのように、ワンポイント上げるという方もある。あの方の場合は、それが似合っているわけですね。

沢村　そう、そう。それがお似合いなんですよ。

遠藤　ワンポイント下げるのが下町で、上げるのが山の手ですか。最近の下町のお嬢さんたちは、ツーポイントもスリーポイントも上げてるけど、齢をとると下げるのかな。

沢村　昔は娘でも下げてたんです。そうしないと「女のくせに」と一日に何回もいわれて、うまく暮らしていけなかった。一歩下がっておいて、目立たないところで自分の好きなことをする。

遠藤　人の目に立たないように、好きなことをするわけですか。

沢村　ええ、やりますよ。齢とると、なおのことそうなってきます。

遠藤　一期一会というでしょう。私にはまだわかりませんが、ある年齢から、いままで目にとまらなかったようなものも非常にいとおしくみえてくるといった、そういったことはございますか。

沢村　ございます。こんな齢になってから、ああ、これはこうすればよかったのか、と思うことが始終あります。他人さまのご本を拝見していても、ああ、そうだなとうなずいて。『宇宙からの帰還』（立花隆著）がとてもよくて、夢中になって読みました。

遠藤　若いんですねぇ、そんなに感激されるとは。

沢村　〝感心魔〟なんです。単純にできてるんですね。先生の書かれた『女の一生』の「キクの場合」だって、おしまいのところを読んだら、涙が止まらないんです。

遠藤　ありがとうございます。

沢村　そういう感激は、若い時よりずっと強いですね。

遠藤　『宇宙からの帰還』を読んで感激なすったなんて、好奇心はまだ旺盛じゃないですか。

沢村　好奇心はあります。

遠藤　好奇心がある人は、絶対にボケないそうですよ。

沢村　ボケることはないかもしれません。

遠藤　そして、長寿なんだそうです。沢村さんは百二十歳くらいまで生きられるんじゃないでしょうか。

沢村　いえ、それが恐ろしいんです。長生きしすぎて、頭や心が大丈夫でも体がいうことをきかなくなったら大変ですし、逆に、ボケて死なないというのも困るんです。

遠藤　そうなんですよ。死にたいと願っても死ねない。これが人間にとっていちばん悲惨で、侮辱でさえありますね。

沢村　先生はカソリックでいらっしゃるけど、あるお葬式に行きましたら、神父さんが「あなたは神とともにこれから永遠に生きるでしょう」っておっしゃったの。私、永遠に生きちゃあ大変だな、と思って（笑い）。

ボランティア制度より、老人を世話する「看護保障会社」を

遠藤　死ねないつらさというのは、その身になってみないとわからない。お年寄りが、さびしい、さびしいというと、若い人は「ちゃんとしてあげているのに、どうしてさびしいの」と聞くけれど、みんなに「さようなら」というさびしさは、どうしてもわかってもらえないんですね。

沢村　私なんか、だんだんとそっちのほうへ近づいてまいります。でも、家族と一緒にというのも難しいと思うんです。齢をとるほど、なんでも自分の思うようにしたいという気持ちが強くなって。

だから、お年寄りの家に手伝いにきてくれる人がいたらありがたいし、そういう制度をつくってもらえたら、と思うんですけど。

遠藤　いや、そういう制度は、だめなんです。お年寄りの世話をボランティア、あるいはそれに近い気持ちの人たちがやっていると、報酬はないし、あっても少ないでしょ。そうすると、どうしても長続きしなくなるんですよ。世話をされる側も、最初は感謝していますが、だんだんその善意を当たり前と思ってくる。そうすると、こんどは世話をするほうでも「これだけやってあげているのに、わがままをいうなんて」と、どうしてもあつれきが起きて途中で終わってしまう。

沢村　そうかもしれませんね。

遠藤　だから、お金を取って世話をすればいいんですよ。ほら、ガードマン会社があるでしょ、あれと同じように「看護保障」といった会社をつくってほしいと、私はかねがねいっとるんです。たとえば、A、B、Cというランクに分けて、Aクラスは食事の世話だけ二時間、Bクラスはもうちょっと世話して四時間、というふうにして適正価格をつける。いくつも看護保障会社ができれば、サービスも行き届くし、安くもなる。

沢村　なるほどねえ、とてもいいアイデアでございますね。

遠藤　いえ、アメリカではもうこういう会社があって盛んに利用されていますよ。それを日本でもできないかと、知人の会社社長さんに研究してもらっているんです。家族そろって出かけなければいけない時に、電話して二時間頼みますといえばいいわけです。

沢村　ちゃんとお金は払いますから、その分だけはしっかりお世話して下さいというわけですね。

遠藤　日本では、老人はいたわらなければいけない。それをお金ですませたら汚いという考え方があるけど、それは間違いだと思います。また、お金のない人でも、やがて保険ができて利用できるようになるでしょう。

沢村　早くできたらいいですね。そういうものがないから、あまり長生きしたくはないし、じゃあ死にたいかといわれると、そういうわけでもない。ポックリさんがはやるのもわかりますよ。

日本は「道一筋」が多すぎる

遠藤　沢村さんは、映画会社はどちらでした？

沢村　昔の日活です。

遠藤　私は映画俳優になりたくて、松竹を受けて落っこちたことがあるんです。映画が大好きで、嵐寛寿郎さんに手紙を出したりね。そのころ、沢村さんはスターだった。

沢村　スターじゃないですよ。役者の家に生まれたから役者になったんですけど、決してスターになりたいとは思わなかった。役者とかスターがどういうものか、さんざん見聞きしてきたでしょう。

若いうちはワイワイさわがれた人が、齢をとって「なんとかしてもらえないかね」といってくる姿を見てましたから、役者というのは、結局はこうなる宿命をもっているんだなと。私は自分の顔をよく見まして、スターにはなれないし、無理になるまいと初めから脇役を望んだんです。

遠藤　精神衛生上は、脇役のほうが楽でしょうね。楽だといえば、私が狐狸庵という名前をつけたら、三島由紀夫さんに、どうしてそんなじじむさい名前をつけたんだと聞かれ、このほうが生き方が楽ですからと答えたんです。たしかに、三島由紀夫という名前は若い。『紅白歌合戦』で、郷ひろみ、三島由紀夫、野口五郎とならべたっておかしくない（笑い）。若い名前で若さを標榜した小説家というのは、途中で死ぬか、方向転換をします。そこへゆくと、狐狸庵は八十、九十になっても気が楽だ（笑い）。

沢村　そう、そう。逃げ道があるんです。逃げれるだけじゃなくて、自分のしたいことをしたり、いったりできる自由があるでしょう。

遠藤　遠藤周作というと、お玉ヶ池の千葉周作みたいで、やや若いし、NHKの第3チャンネル（教育テレビ）といった感じがする。すると、NHKのような、つまり純文学を書かざるをえないし、読者も私をそういう人間だと思うわけですよ。大正時代の小説家のように、髪を額にパラッと落とし、人生を思いつめた顔をしてね（笑い）。

それもいいとは思うけど、髪を落とそうにも、落ちてこないし（笑い）、自分というのはそれだけではない。NHKもあれば『笑っていいとも！』の民放の部分もある。二つの生き方をすれば二倍生きられるし、そのほうが自分を出せるという気持ちで、遠藤周作と狐狸庵を交互に使い分けてきたんです。

沢村　なるほどねぇ。私はよく、「沢村さんはとってもやさしいお母さんになったり、『となりの芝生』のような意地悪ばあさんになったりするけど、本当はどっちですか」といわれるんですが、みんな本当の私なんです。意地悪なおばあさん役のときは、自分のなかの意地悪なところをちょっとふくらませばいいわけ。

遠藤　私も、おまえはジキル博士とハイド氏じゃないかといわれます。でも、会社人間が退職すると、まるで人生がなくなったような思いがするというのは、狐狸庵の要素を否定しているからじゃないか。いろいろチャンネルを持っているのに、他のチャンネルを回すことをしなかったからではないか、と思うのです。

私は、片方は生活、片方は人生と分けることがある。生活のマイナスが人生のプラスになり、遠藤周作のつらさが狐狸庵で慰められることもあるんです。純文学を書くのも私、樹座やコーラスを楽しむのも私。日本では、この道一筋ということを強調しすぎるでしょう。この道二筋でどうしていけないのか。いまの若い人たちに、ややそうした考えが生まれてきました。男の中の女の要素を使って美容師になったりね。これからは、いろんなチャンネルを出していっていいんじゃないかな。

沢村　出したほうがいいですね。出さないと、行き詰まってどうしようもなくなるんじゃないですか。

遠藤　別のチャンネルを持つには、違った名前を持つといい。別の名前を持つと、自己暗示にかかる。たとえば、キンカン・トウベエという名前をつけて、日曜日には、きょうはキンカン・トウベエで暮らそう思うのです。

沢村　とてもおもしろいですね。

「いい齢をして」とは、大きなお世話よ

遠藤　女優さんも、いつもいろんな人になれるからいいですね。

沢村　いろんな人生をやれるから、ふつうの人の何十倍の楽しみがあります。でも、それだけじゃあだめなんです。他人の書いたシナリオですから、時には自分の書いたものでやりたくなるし、役が気に入らなくても、我慢する。

その我慢が、だんだんたまってくるわけでしょ。それで、家に帰ってきて、台所でダイコンを切ったりするととても気持ちが静まるんです。そうすると、自分の思っていることをちょっと書きたくなる。それが『私の三面鏡』という本になったんです。

遠藤　なるほど、なるほど。

沢村　私のチャンネルは三つですね。役者と主婦と、それにものを書く場合と。みかけが若いというのは、胸のなかにたまったものがないからかもしれません。

遠藤　いかなる主婦でも、母、妻、女と三つの部分を持ってますよね。ところが、日本の女性は結婚してしばらくすると、お母さん一本槍になっちゃう。妻の部分はぐっと下がって、まして女の部分は抑えて抑えて、という感じになる。若い人は、三つのバランスをうまくとったほうがいい。

沢村　それがいいと思いますわ。「母はつよし」なんていって、母の部分をちょっとでも粗末にしようものなら、まわりから大変な目で見られますからね。もっとも、このごろは離婚もふえて、あまりそういうこともいわなくなったようですが。

遠藤　女というのは、複雑で、混沌としているものでしょう。ところが、男の小説家の書いた女というのは、わかりやすくするために、女は母性的だとか、優しいとか、一つのイメージだけで書くんです。

沢村　母の部分だけ一筋に、というわけにもいかない時もあると思うんですよ。そのさいは、自分の中でいろいろ振り分け、時には女、時には妻というふうに、いろんな使い方をすればいい。先生が狐狸庵の名前を使われると同じようにね。

遠藤　ただ、日本の場合、そういうことをすると、まだまだ不まじめだととられるんです。つまり、一つのイメージだとわかりやすいけど、二つ、三つのイメージを持つとわかりにくくなる。日本では、わかりにくいことを不まじめと称するのです。

私が狐狸庵と名乗ったら、ある先輩に呼ばれまして「軽挙妄動はつつしんでもらいたい」と説教されました。とくに会社のようなところでは、自分にとってわかりにくい人間を誤解して、不まじめだ、けしからんという。人間に対するとらえ方がじつに短絡的なところがありますね。

沢村　年寄りに対しても、同じですよ。すぐに、いい齢をして、というでしょう。大きなお世話よね。ご迷惑をかけなきゃいいでしょう、といいたくなっちゃう。いい齢をしたって、人間は人間だから、木石じゃないんだから、女の人といっしょに歩きたいといったっていいじゃないですかねえ。

遠藤　その通り。

沢村　お年寄りがたまにデートしたっていいしね。齢とった人にやさしく、というのは愛情以外にないと思うんです。ちょっとだけ、ほんの一滴でもだれかが愛情をあげれば、花が水をもらったようにピッと生き返りますよ。その愛情は、できれば異性のほうがなおいいわね。

遠藤　ほんとに、そうだ。だから、女は四十歳以上の男を愛さなきゃいかんのだよ。

沢村　でも、二十代、三十代のほうがきれいだから。

遠藤　きれいなものを愛するのに、努力はいらんでしょう。愛情というのは、努力と忍耐がいるんですよ。愛は四十代以上の男に向けられるべきだ（笑い）。

沢村　できれば、七十代の女にもね（笑い）。ただ、齢をとるといろんなことに興味を持ちますが、人間だれにも触れてもらいたくない部分があるでしょ。そこの部分だけは首を突っ込むことを戒めなければならないと思うんです。たとえ、夫婦でもね。別の人間なんだから、努力と忍耐で愛を深めていかなくては。

遠藤　古女房といえど、夫にやたらと干渉すべきでない。

沢村　いくら抱きついても、息のできるくらいにはしておかないといけませんね（笑い）。

（「週刊朝日」別冊〔昭和五十九年三月二十五日号〕掲載）

対談　伝えたい、包容力のある家庭

山田太一
沢村貞子

山田　この間、吉行淳之介さんと開高健さんの対談を読んでいましたらね、情事の相手として幾つぐらいまでだったら許せるだろうという話をなさってたんです。四十二、三かなって吉行さんのほうがおっしゃったのかな。そうしたら開高さんが、それはあなたが今の年だからそういうんだっていうんですよ。自分がもっと齢をとってくると、五十幾つだって許せるようになるっていうんです。そういうものなんでしょうね。

沢村　それで、うちの場合も許されているのね（笑い）。〝小児科〟がいいという男の人もいるでしょう。

山田　いますねえ。面倒くさいような気がしますけどね。

沢村　大変でしょうね。食べものも違うしね。

山田　沢村さんは、若い男の子に対するお好みみたいなのはありますか。

沢村　そっちが迫っちゃ困るのよ（笑い）。

この間ね、山田さんの『想い出づくり』っていうドラマを見て、おどろいちゃったんですよ。若い女の子の心理がよくわかってらっしゃるなと思って。私も若いころ、早くお嫁に行かなくちゃ、学校に行くと嫁のもらい手がないとかいわれましたけど、「それだけが私の人生かしら」と、ずいぶん思いましたね。あのドラマに出てくる女の子たちも、みんなそれをいうでしょう。

山田　まあ、沢村さんのころから比べれば、いまの女の子はずいぶん自由になっていますけどね、それでも男に比べると「なんだ、これだけのことか」という、未来みたいなものに対するがっかりさみたいなものはあるっていう気はしますね。

沢村　ああいう心理を、どうしてご存じなのかなって思ったけど、やっぱりお嬢さんがいらっしゃるから？

山田　そうですねえ。なんだか情けない話になっちゃうけど。

沢村　お書きになるドラマがみんな、私たちが見て、面白いわねえと思うようなものばっかりをやっていらっしゃるから、女の子からのファンレターがたくさん来るんじゃないですか。

山田　たくさんは来ませんけども。だいたいファンレターというのは、相手がだれでもいいみたいですね。自分のことを一所懸命書いてくるんですよね。今度、自衛隊の人と会ってどういうふうになりましたとか、この次のデートのことは次に書きますとか。で、その次にどうなったのか、パタッとそのことについては触れなくなったり、そういうような手紙が多いです。

沢村　ドラマで自分を刺激されるんですよ。だからそれだけ、自分のどこかにパチッと合ったんでしょうね。

ああいうドラマをお書きになると、あの年ごろの方はみんな共鳴すると思うんです。だからもてるだろうなと思うんですけど。

山田　いや、全然もてないですね。どうも、そういう色気のある話は苦手で、うまくいきません。

沢村　ドラマではとってもうまくいってましたよ（笑い）。

昔はしつけだけはきびしかった

沢村　浅草のお生まれでしょう。

山田　そうです。

沢村　私も浅草ですからね。浅草の女は口説きにくいっていうんですよね。

山田　シャキシャキしているからですか。

沢村　自分にきびしいのね。踊りなんかをやっていてもそうですよ。ちょっといい格好したりして気取ってきまるとね、お師匠さんに「いい女ぶるんじゃないよ」って、こういわれるの。ビクッとするわけ。で、よく考えてみると、「本当にそうだ」と思っちゃうわけ。うちに帰ってよく鏡を見て「やっぱり、そんなにいい女じゃないね」と思ったり「まああかな」と思ったり「われながらひどいねえ」と思ったり。そうすると、自分はこれくらいだと思っちゃうわけ。

いつも周りからそういうことをいわれているから、自分にきびしくなって、つまりお世辞にのらないわけ。「可愛いね」なんていわれると、この人、下心があるんじゃないかしらとか、「度が合わないんじゃないですか、その眼鏡」なんて、私なんかよくいったものですよ。小憎らしくね。

山田　ぼくのまわりの女の子も気取ってはいなかったな、確かに。

沢村　いつだったか「あの人、意地悪するんだけど、でも、あの人には恩があるもんねえ」なんて、若い女の子がいまどきいうのは浅草しかないなんて書いていらしたでしょう。ああいう女の子は多かったでしょう。

山田　そうですね。それに昔は、建材屋さんなんかのところに砂が盛ってあったりして、そこで一日遊んでいても文句をいわれなかったんですよね。あれ、いまだったらすぐ追い払われるでしょう。

沢村　昔は逆に、木ぎれだとか煉瓦だとかを「それ、持ってけよ」なんて。

山田　道に、ロウセキでいろんな絵を描いても、べつに怒られなかったし、小さい子だから、立ち小便するのでも、裏通りなんか道の真ん中の穴にしていましたね。それでも怒られなかったな。

沢村　そう。

山田　親が忙しかったですね。

沢村　そうなんですよ。子供が多かったせいもあるのかしら。

山田　ええ。うちなんか特にそうですけど、しつけとしてきびしいというよりも、子供は多いし大変だし、そのうちの一人が自転車をなくしちゃったなんていうと、探してくるまで家に入るなと怒って、戸締まりして寝ちゃうわけですね。ぼくの兄なんか、一晩中歩いて、結局みつかりゃしないんですけど。いまだったら、そんなことして帰ってこなかったら大変な騒ぎになっちゃうけど、あのころはみんなのんきでしたね。

沢村　そうですね。可愛がってはくれたんですよ。だけど悪いことすると、お尻をバチャーンとひっぱたくし、「ご挨拶は⁉」なんて、そういうことだけはうるさかったけれども、後はおおらかだったですね。

あのころの女の子も、そんなにみじめじゃなかったんですよ。うちのことばかりガシャガシャやらされていましたけど、でも自分たちがああだこうだとやっていると、それをジロッと見てて何もいいませんでしたからね。そういう点ではわりと自由だし、女の子たちも、自分のすることに、「私なんか家事ができるんだから」なんて誇りを持っていましたからね。

山田　いまの女の子は、ませているというのか。これはテレビのせいかしら。

沢村　耳学問みたいなものがね。

山田　耳年増ね。

沢村　ええ、耳年増。そういう子も多いでしょうけどね。実際にはあんまり知らないということはあるかもわからないですね。

山田　でも、若い女優さんでも早いでしょう、理解が。

沢村　そうですね。ものおじしない。

山田　昔はね、いまの私みたいな年上の人と出た場合には、ドキドキしてうまくいかなかったりしたものですよ。いまは違いますよ。本番になったら、とってもうまい。「なにさ、このばあさん」っていう気があるから、肩に力が入ってないんですね。そこは、われわれは見習わなくちゃいけない。

その代わり、この役は私はこうしたいああしたいという欲も、昔よりいまの子のほうがあるみたいな感じですね。したがって、そういう役を書いてほしいとか、先生、私にやらしてくださいなんていう気持ちで寄り添ってくる人が多いんじゃないですか。

山田　じつにわれながらバカバカしい答えをしなくちゃならないのが困りますけど、なんにもないんですよ、そういうこと（笑い）。

テレビドラマは映画より低級か

沢村　話は変わりますけど、私は、もうテレビドラマしか出ないつもりなんですよね。体の都合もありますし。舞台は大変ですよ。それに、私はそういうのに才能があまりないんですよね。キャリアが長いばっかりで。ですから舞台をやる気はないんです。

ただ、テレビドラマはしたいと思うんです。なぜというとね、出てくる人間がとっても人間らしいんですよね。そして、おうちの茶の間にすっと入るでしょう。

私、時々思うんだけど、舞台とか小説とか、そういうものに比べて、なにかテレビドラマはおとしめられていませんか。

山田　それは、歴史も浅いですしね。数年ぐらい前と比べても、多少よくなってきているんじゃないでしょうか、少しずつ。事実、テレビのかなりの部分は、くだらないといえば確かにくだらないんで、全部を弁護する義理もないけれども、でも面白いものもありますよね。

沢村　あります、あります。

でもやっぱり、出ている人じたいも、なんとなく、テレビドラマに出るよりは映画に出るほうが高級な感じがするし、映画に出るよりは舞台に出るほうが、もう一つ高級な感じがするということは、多少はありますね。だから、私もよく「どうして舞台をなさらないんですか。惜しい」といわれるんだけど、あたし、ちっとも惜しくないと思うのね。

役者というのはいい商売ですよね。いろんな役で変身できるし、きれいに塗ることもできるし、おカネも、ほかの商売の人に比べたら余計にもらうし。それを、あなた、世間の人が許すはずはありませんよ。楽しんで、いい気持ちになって、それで尊敬されたひにゃ、たまらないからね（笑い）。だから、ちょっとぐらいおとしめられるのは当たり前だと、子供のときから思っていました。

山田　まあ、テレビも、ひどいところでは、ものすごく大ざっぱですしね、ばかにされてもしようがないなというものもずいぶんありますよね。でも、そういうことは、あまり気にしなくなっちゃいましたね。

沢村　でも、これからは、テレビというものだけは大事に書いていただきたいと思うんですね。現に大事に書いていらっしゃるからこそ、お願いするんですけどね。これは、もしなくなったらとっても困ります、私なんか。いや、私が役者をやめてもですよ。

山田　だいたい、テレビというのはただで、しかも自宅で見られますでしょう。東京にいる人なら、暇ならちょっと出ていくということがあるけれども、ちょっと田舎へ行ったりしますと、映画館はないし、もちろん芝居なんか来やしない。そうするとテレビドラマというのは、都会とぜんぜん違う比重を占めているんですよね。その中で、非常に都会的な感覚で、東京の人向けみたいなものだけを考えていると、ぜんぜん違う。思ってもいないような仕方で見ているというんですかね。

馬鹿にするドラマに功徳あり？

沢村　その人たちにしても、自分たちの胸につかえている問題を書いてくれたら「あー、本当にそうだ」って思うでしょうね。都会に出てきて、失敗して帰って、お嫁さんを探す。自分のうちの娘は農家にはやりたくないけれども、よそのうちの娘は農家に来てほしいというような話をお書きになったでしょう。ああいう話を見ると、きっとあの人たちも「そうだなあ」と、そこから発展して、いろんなことを思うでしょうね。

山田　ただ、じゃ自分の身近な問題を取り上げてもらいたいのかというふうに思っていますと、案外そうじゃなくて、ぜんぜん関係ないチャンバラか何かを見たいということもあるんですよ。

沢村　自分の現実にないことを夢見たいということもあるだろうし。

山田　そういうほうが強いみたいですね。一日中働いて、くたびれて、うちに帰ってきてテレビをつけると嫁がいない話、なんていうのを見る農家の長男なんか、不愉快になるでしょうからね。

ですから、ぼくは自分では、一所懸命いいドラマを書いているつもりだけれども、実は、ぼくがばかにしているようなテレビドラマのほうが大きな功徳を与えているのかもわからないという気がすごくしますね。

役に立たない人間に面白味みる

沢村　話は違いますが、家庭というものはなんだろうなってときどき思うんですよ。このままずっと、こういう家庭かしら。変わると思いますか。

山田　こういうというのは……。

沢村　つまり、だんだん核家族になっていって寝たきりの一人暮らしの老人が増えたり、親は子供をなんとかしなくちゃと思いながらなんにもできなくなって……。

ことにサラリーマンだと、父親がほうぼうへ転勤しちゃうから、母親は子供を一所懸命になって育てる。ところが母親だけでは手に負えなくなる。しかし父親は逃げてしまって「おまえに任すよ」なんていうことをいってしまう。というテレビドラマによくある型みたいな家庭がとっても増えちゃったような気がしますけど、核家族と学歴社会と高齢化の時代の中でね。

山田　家の外の社会にはない人間と人間の付き合いのできる場所が、家庭というものではないかと思うんですね。たとえば、おじいちゃん、おばあちゃんがだんだん齢をとってきて、体もきかなくなって、美しくもないし、役にも立たなくなる。極端にいえば、なんのために生きているんだと思うような人と、いやでもなんでも付き合っていくしかない。そういう付き合い方というのは、いま、家庭にしかないという気がするんです。

社会に出ると「有能・無能」とか「役に立つ・役に立たない」というふうに、会社でも学校でもパッと分類されていますよね、非常に合理的に。

沢村　そうですね。

山田　ぼくは、父親が教育から逃げちゃったりしても、そんなに悪いことではなくて、じつはそういうことが大切だというか……。役に立たない人間と一緒に暮らすことも必要な気がする。

沢村　そうですね。役に立つものだけがとても美しくて立派であるというところは、とても住みにくいですね。私なんか、ゴチャゴチャッと生きてきちゃったけれども、あのゴチャゴチャというのが、いまになってみると、とても滋養になっているみたい。

父も立派な父ではなかったし、母だって、よく働いたけど、べつに教育があったわけじゃなし、字が読めたわけじゃなし、それでも、あの環境が結構よかったのかもしれませんね。
山田　そうですね。家庭の中でまで、成績の悪い子はきらいというふうになっちゃったら、どうにもなんないわけですから。
沢村　悲しいですよね。
山田　そうじゃなくて、よくても悪くても、しようがないからゴチャゴチャ住んでいるみたいなもの、そういう空気というのは、もう家庭にしかないんだから、家庭をあんまり合理的にして、ものわかりのいいお父さん、お母さんで、教育熱心で、というんじゃ、あまりにもね。
沢村　たまりませんよ。
山田　少し、オヤジはだらしなくていいんじゃないかと思っていますけど。
沢村　だらしなくても、なんとか一所懸命に生きていこうという姿は、子供の目に残って、いつかは滋養になりますしね。
山田　そうですね。役に立つ子ばっかりでね、年寄りまで役に立っていたりしちゃ、本当に息苦しいですよね。

沢村「あの人も本当にしようがないね。でも人がいいんだよ」というような人が家の中にいてもいいし。

山田　役に立たない人間の面白い部分とか、それに対してふっと愛情を感じたりする部分というのは、社会に出たときに、やっぱり何かになりますよね。ぼくらの仕事や沢村さんの仕事が、直接、学歴とはあまり関係がないからそんなことがいえるのかもわからないとも思いますけれども。

沢村　そうですね。なんとか閥というのがあるそうですからね。あれだからあそこまでの出世だとかなんとかいって。出世というのもね、どこがどうすればいいのか、なにが出世なのかよくわからないけれども。

それは、私みたいに長く生きちゃって、後ろを振り返って思うだけであって、いま生きている若い人たちは、そうはいかないでしょうね。

山田　そうはいかないですね。

沢村　そういう家庭がいいじゃないかということは、本で読んでもなかななか頭に入らないんですよね。だからテレビドラマで、そういう家庭が出てくると、ああ、こういうのもいいんだなと思ったりしますもんね。だから、そういうの書いてくださいよ。役に立たないおばあちゃんなんかを（笑い）。あんまり色気のある話になりませんでしたね。

山田　色気のある話は、いま溢れているから、いいでしょう。よそで読んでいただいて。

（「週刊朝日」昭和五十七年七月九日号掲載）

あとがき

ちかごろ、何かにつけて、高齢者社会ということが言われる。

この言葉には何となく、日本国中が世話の焼けるお年寄りばかりになってしまうような、ヒンヤリした語感があって、フト気が滅入るのは、私ひとりのヒガミだろうか。

日ごろ仕事場で一緒に働いている血気さかんな若い俳優さんやスタッフの人達に、

「こっちはもう七十すぎているんだから、いたわって……」

などと、言わずもがなの一言を言ったりするのは——内心、

〈フン、高齢者だって、台本のセリフはチャンと覚えてくるし、税金だってキチンと払っているんですからね……〉

と、ひどく機嫌の悪いときである。

この間、日本女性の平均寿命が七九・一三歳にのびたというニュースをきいて、とうとう世界で一、二を争う長寿国になったのか、と嬉しかったが——さて、私としては、このあと目いっぱい頑張って生きたとしても、あと五年そこそこ……とちょっぴりシュンとした。

生まれつきひよわな私が、今日まで一度の入院もせず、大震災や大空襲などの死線をくぐりぬけて生き残って来られたのは、好運としか言いようがない。

ただ、そんな荒波の中で、私の気持ちをいつも明るく支えてくれたのは、幼いときから人一倍つよい好奇心のような気がする。新聞やテレビなどで見聞きする世俗の出来ごとに、とにかく興味をもち、野次馬根性で一喜一憂をくり返しては、家人に冷やかされている。どうやらこれは、根っからの下町女の習性らしい。

昭和五十七年八月から十二月まで、朝日新聞「みんなの老後」のページに連載させていただいた随筆「老いの入り舞い」二十篇は、そんな私の身辺雑記のようなものだった。

今度、朝日新聞の出版局で一冊の本にまとめてくださることになり、新しく二十篇を書き足した。

私の部屋にある古ぼけた三面鏡は、永年、私の暮らしをじっと映しつづけている。

正面の鏡の中の、化粧っ気のない起き抜けの素顔は、髪をまとめたあと、タスキをかけて台所へいそぐ主婦の私。右側の鏡で、淡い口紅をつけて、ちょっと愛想よく微笑んでいるのは、テレビ局からの車を待っている女優の私。左側で、そんな姿をいたずらっぽく皮肉に眺めているのは、最近、おく面もなくモノ書き願望をもちはじめた私——どれもまことに半端だけれど、その三人の私が互いに励ましあい、たしなめあい、ときには慰めあって、何とかバランスを保とうとしているところは、われながら健気なもの……とコッソリ賞めてやることもある。

この本に「わたしの三面鏡」という題をつけさせて戴いたのは、そんな古鏡へのいとおしさからである。

とりとめもない老女の生活雑感を、お読み下さいまして、ありがとうございました。

昭和五十八年七月

沢村貞子

文庫版へのあとがき

『わたしの三面鏡』は――日一日と老いてゆく自分の姿を、そっと見つめる脇役女優のこころ模様とでもいうところだろうか。

そんなとりとめもない随筆を一冊の本にまとめて下さった朝日新聞社の出版局の方たちが、いままた、それを文庫本にして下さることになった。なんとも気恥ずかしいけれど――でも、やっぱり嬉しい。

「役者と齢」の一節に「満で七十三歳、かぞえで七十四歳……」と書いた私は、いまはもう、満七十七歳を越えてしまった。喜寿の心祝いは去年の秋にすました。

女性に齢《とし》をきくのは心ないこと、とされている。まして、脇役とは言え、私は女優――自分から、むやみにそれを言いふらすのははしたないこと、と思っている。けれど、生まれついてのそそっかしやで、わが身の衰えを忘れ、出来るはずもない仕事を引き受けたりする私は、どうも、齢をはっきりさせておいた方がいい——自戒のためにも……。

なんと言っても、今年の私は、去年の私ではない。歩き馴れたわが家の廊下を、すこし急ぐと——右足のスリッパの先が、左足のスリッパのかかとを踏んで、よろけたりする。いくらなんでもこんなことが……と鼻白み、それなら、と廊下に絨毯《じゅうたん》を敷きつめて素足で歩くことにしたが——やっぱり同じこと。玄関のベルに慌てて飛び出そうとすると、左右の足がもつれて、あやうく、のめりそうになったりして……。あげくの果てに、やっと納得した。素早い身のこなしが出来ないのは、廊下のせいやスリッパのせいではなくて——老いのために私の運動神経が衰えた、という、ごく単純なことだった。そして、その老いが身体の中で日増しにふくれ上がってゆくのを、私は黙って見ているよりほか——何も出来ないのだから——つい、溜息も出る。

ある日——私は開き直ることを思いついた。どっちみち、逆らうことが出来ないなら、いっそ、老いと遊んで暮らそう——そう決めた。手許が狂って湯呑みを倒し、美味しいお茶をそっくり食卓にこぼしても、

「またまた、一センチ五ミリの誤差であります」

と、すましているし、思い違いや言い忘れは、何度くり返しても、

「ハイ、本日、第四回目……」

などと声張りあげて、それでおしまい。とにかく、齢の上の失敗をクヨクヨ嘆かず悲しまず——気にしない、気にしない。

この本は、残りの日々を丁寧に——まわりの人を傷つけないように……どうしてもイヤなことはしないですむように——ただ、それだけを願う老女のつぶやきです。笑ってお読み下されば、しあわせです。

文庫本にするに当って、「週刊朝日」掲載の対談をのせることをお許し下さいました遠藤周作先生と山田太一先生に、厚くお礼申し上げます。

昭和六十一年四月　沢村貞子

解説　老婆は一日にして成らず

近藤　晋

「老婆《ろうば》は一日にして成らず、と申します」

静々と演壇に立った沢村貞子さんの第一声だった。一九七九年度NHK放送文化賞受賞の謝辞である。会場は一瞬固まり、一拍でなごみ、小さな拍手が起った。誰もが遥かなローマと沢村さんを自然にオーバーラップさせたに違いない。さすが沢村さん……その感慨は私の胸にも溢れていた。

初めて代々木のお宅に伺ったのは一九七一年、マネージャー山崎洋子さんを通して夕食へのお招きを頂いた時だった。当時私はNHKが新しい時代劇を目指した「男は度胸」の制作デスクを務めていた。脚本作成、配役などを推進する役割である。NHK初のフィルムドラマ「テレビ指定席」、松本清張作品集「黒の組曲」、青函トンネル・黒部ダム等日本改造の工事現場を舞台にした「虹の設計」等大型ドラマの制作デスクを体験してきた私は江島生島・忠臣蔵・天一坊と名代の事件を集大成して江戸期を描く新機軸にわくわくし脚本家小野田勇さんの仕事場に通っていた。

沢村さんには主人公吉宗の育ての親加納お末をお願いしている。当初は収録時に数回先までの脚本があり、初顔の浜畑賢吉、笑福亭仁鶴さん等に森繁久彌、三木のり平、フランキー堺、伴淳三郎、それに沢村さんの弟の加東大介さん等おなじみの顔が生き生きと物語を綴ってゆく……ところが、半年後には貯金は二〜三回から遂に一回分となり、それが定着しつつあった。

私は早朝から仕事部屋のドアを叩く。片隅に「煙草買ってくる」と貼り紙がある。手ぶらでいらいらが満ちるドラマ部室には戻れない。昼食時も夕食後も煙草買い。仕事部屋の窓の見える喫茶店を探し双眼鏡で監視する。カーテンがゆれたらドアまで走る。ノックは無意味。或る日マスターが「お電話です」……「近ちゃん、もう少し右に寄るともっとよく見えるぞ」何と小野田さんからだ。敵はでかい双眼鏡で私の動静を探っていたのだ。「お願いします。これでは放送中止です。すぐ伺いますからせめて半分でも下さい」「待てば海路の日和あり」恨めしくはあっても憎しみは持てなかった。それは小野田さんの人柄と何よりも手にする脚本が抜群に面白かったからである。

「苦闘している人に会いたくてね、さどうぞ」ご主人の大橋恭彦さんは気さくに居間に通して下さった。これ程くつろげる晩餐はなかった。全て沢村さんの手料理、話題も脚本の遅れを謝る私には耳も貸さず、「裸の大将」の汲取屋のおばさん、駅前シリーズの持ち役金太郎の話などご夫婦の明るい掛合いの中から「三年連続でスタートしたのに十回目で主役佐田啓二さんを事故死で失った後をどうやって二年も続けたのか、今の何倍もの労苦を背負いこんだろうに……物書きとして興味がある」と云う「虹の設計」への質問……あっと云う間に時は過ぎ、私は日課の小野田さん夜討ちに移った。何かをご夫妻から受け取った想いだった。「先手必勝の策はないかな。これ以上痩せたら……」「大丈夫よ。この人は細身だけど土性骨は太いみたいだから」玄関先でのこの言葉を私は今でも覚えている。さり気なく、力強く私を励まして下さったのだ。私は策を考え、残り二十回の登場人物数十人の香盤表を作った。各マネージャーにスケジュールを再確認し、美術担当とも相談して、この役の二人はこの日しか顔合せは出来ない……この人はここととこは使えない……このセットと同日に組合せ可能なのはこれとこれだけ……と云った制約である。一週間かけて作り上げ、開かずのドアのポストに差し入れた。これが守られれば、低空飛行でも墜落の危険はない……翌日、祈るようにドア前に立つと、太い字の貼り紙があった。「バカヤロー」以降、香盤表の詳細を詰めながらの打合せ通りに執筆され、最終二回は何と一週間で完成した。無茶な制約の中で、神業としか思えない出来栄えだった。

沢村さんには十年後の大河「獅子の時代」にも出て頂いた。NHK初の脚本家によるオリジナル、作家は沢村さんともご縁が深い山田太一さんである。パリ万博で日本代表を争った幕府と薩摩、その維新後の明暗をテレビ初出演の菅原文太さん扮する反政府運動の闘士と加藤剛さんの官僚に仮託して描いたもので沢村さんの役は加藤さんの母で官を辞して帰省した息子夫婦との同居を拒んで筋を通した薩摩おごじょ、江戸っ子だけではない面もみせて頂きたくてこういう配役をした……。『わたしの三面鏡』には、随所に「平和への希求」が読みとれる。洒脱な文体の中に凛として光っている。右側の鏡をご自分の手で外してしまわれた沢村さんの想いであろう。

私は現在八十四才。最近NHKの特集ドラマ「ナイフの行方」を制作させてもらった所である。時の流れに乗って軽く生きがちな日本人に何かを問いかけたくて山田さんに書いて頂いた。主演には沢村さんの甥御津川雅彦さんの名もある。湘南の海に捧げます。

二〇一四年三月

（こんどう・すすむ　テレビ・映画プロデューサー）

本書は一九八三年九月朝日新聞社より刊行され、一九八六年六月、朝日文庫に収録されました。底本には朝日文庫版を使用しました。

ちくま文庫

わたしの三面鏡《さんめんきょう》

二〇一四年四月十日　第一刷発行

著　者　沢村貞子（さわむら・さだこ）
発行者　熊沢敏之
発行所　株式会社　筑摩書房
東京都台東区蔵前二―五―三　〒一一一―八七五五
振替〇〇一六〇―八―四一二三
装幀者　安野光雅
印刷所　中央精版印刷株式会社
製本所　中央精版印刷株式会社

乱丁・落丁本の場合は、左記宛にご送付下さい。
送料小社負担でお取り替えいたします。
ご注文・お問い合わせも左記へお願いします。
筑摩書房サービスセンター
埼玉県さいたま市北区櫛引町二―六〇四　〒三三一―八五〇七
電話番号　〇四八―六五一―〇〇五三

ISBN978-4-480-43159-2 C0195